JN208277

砂原浩太朗

雫《しずく》峠《とうげ》

講談社

目次

半夏生《はんげしょう》 5
江戸紫 41
華の面《おもて》 77
白い檻《おり》 109
柳しぐれ 141
雫峠《しずくとうげ》 177

装幀　芦澤泰偉＋明石すみれ
装画　大竹彩奈

雫《しずく》峠《とうげ》

半夏生
はんげしょう

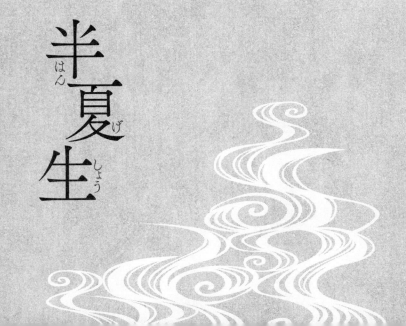

一

山門まで何十段もある階《きざはし》をのぼると、それだけで額に汗が滲《にじ》んでくる。平地の多い土地柄にしてはめずらしく、小高い丘の中腹にその寺は建っていた。

乃絵《のえ》は吐息をついて黒光りする山門を見上げる。きょうは晴れているものの、梅雨もじき終わるという頃合いだから、大気のなかに滴るような湿り気が残っていた。振り返ってこうべをめぐらすと、青々とした田圃《たんぼ》があちこちに望める。田植えはあらかた済んでいるらしかった。

神山《かみやま》藩の家中は八割がた泰泉寺《たいせんじ》を菩提寺にしている。城下から街道を一刻《いっとき》ほど南にくだったところだから便利とは言いがたいが、今さら変えてもらうこともできない。乃絵も三十にはまだ間があるし、歩けないわけではなかった。

境内に入ると、大きな欅《けやき》がまず目に飛び込んでくる。ひとの気配はなかった。井戸から釣瓶《つるべ》で汲《く》んだ水を桶に空けると、涼しげな音が立って、かすかな飛沫《しぶき》が手の甲にかかる。そこだけ、ひんやりと心地よくなった。

本堂の角を曲がると、なだらかな山肌に沿って無数の墓塔がならんでいる。めざす墓はすこし登ったところにあるが、急な傾斜ではなかったから、それほど息も切らさずにすんだ。詣でるのは春の彼岸以来で、きれいにしたはずの宝篋印塔《ほうきょういんとう》もそれなりに苔《こけ》むしている。乃絵は桶から汲んだ水を墓にそそぐと、布切れで丹念に汚れをぬぐっていった。

ひとしきり拭き終えると、持ってきた紫陽花《あじさい》をそなえ、墓前に額《ぬか》ずく。懐から数珠《じゅず》を取り出し、手を合わせて瞑目《めいもく》した。つよい風が吹いたらしく、木々のそよぐ音が耳の奥を騒がせる。

あれから何年経ったのか、とっさに分からなくなった。


乃絵と清吾《せいご》は年子の姉弟で、齢《とし》が近いせいもあって、幼いころからいっしょに過ごすことが多かった。

村山《むらやま》家は代々普請方《ふしんかた》をつとめる家だったから、父の孫右衛門《まごえもん》は堤や街道の修繕に駆り出され、足軽たちにまじって立ち働くのが常である。いつも泥にまみれ川水に濡れていたが、生まれたときから見慣れているゆえ、勤めとはそういうものだと信じて疑いもしない。

が、清吾が藩校へ通うようになると、必ずしもそうでないことが分かってきた。

日修館《にっしゅうかん》と呼ばれる学び舎《や》には、身分の上下を問わず、数多《あまた》の少年がつどっている。ただし人数の都合なのか、上士と下士では学ぶ部屋がことなり、関わり合いもほぼなかった。

いまだ忘れられないのは、弟が十六歳だった春の夕暮れどきである。藩校から帰ってくるなり、もの言いたげにしているのが分かったから、納戸へ誘《いざな》い、どうしたのかと問うた。

どこか黴臭《かびくさ》い匂いが六畳ばかりのひと間に立ち籠めている。しばらくためらったのち清吾が口にしたのは、近ごろ上士の子弟が自分にふしぎな笑い方を見せるようになったということだった。

「ふしぎな――」

弟のことばに乃絵が首をかしげると、清吾が瞋《いか》りと心もとなさを綯《な》い交《ま》ぜにした面もちで膝をすすめてくる。声を震わせ、言いつのってきた。

「ひとを小馬鹿にしたような笑みです」

そこまで聞いても乃絵にはよく分からなかったが、弟は浅い息をつき、ひとことずつことばを選ぶようにしてつづける。父が普請方ゆえに嘲笑めいたものを向けられているというのだった。

「そんなこと、あるはずがないでしょう」

どうして父上のお役が馬鹿にされねばならぬのですか、とかえって弟を咎《とが》めるような声を発すると、清吾は困惑をあらわにした表情で後ずさった。そのまま不満げな口ぶりで、ひとりごつように告げる。

「……いつも泥にまみれて汚いと」

絶句して弟を見つめる。いつもはまっすぐな瞳を伏せ、唇《くち》もとをふるふると揺らしていた。

たしかに父はいつも泥にまみれていたが、むしろ誇らしいような気もちでそのさまを見つめてきたのである。蔑みの目で見られるなど考えたこともない。乃絵たちの家は組屋敷の一郭にあって、まわりはおなじ普請組の者ばかりだから、なおさらだった。むろん家老や大目付などという上《うえ》つ方《かた》がいることくらいは知っていたが、じぶんたちとはへだたりが大きすぎ、まことにそうした人たちがいるものか疑わしいような心もちすらある。

「――父上にいってはなりませんよ」

ながい沈黙のあと、ようやく乃絵が口にできたのは、そのひとことだった。弟の話が取るに足らないものなのか、ぞんがい根がふかいことなのかは判然としないが、いずれにせよ父に聞かせたくはないと思ったのである。

清吾は虚を衝かれたような面もちをたたえていたが、

「えっ」

すぐに濃い戸惑いを孕《はら》んだ声を洩《も》らす。乃絵が手を取り、つよく握りしめたのだった。弟はされるままになっていたが、じき我にかえり、承知したというふうに頷き返してくる。乃絵は今いちど、弟の手を取った指先に力をこめた。

日が傾いたらしく、窓もない納戸にまで、どこからかほの赤い斜光が流れ込んでくる。厨《くりや》のほうから自分を呼ぶ母の声が響いた。よくは聞き取れなかったが、夕餉《ゆうげ》の仕度を手伝ってくれというのだろう。乃絵は弟の手を離すと、

「いま申したこと、くれぐれもお忘れにならぬよう」

はっきりした声音で告げ、腰をあげた。

二

その日、父の孫右衛門が帰宅したのは、日も暮れて半刻ほど経ったころである。汗と泥で汚れた軀《からだ》を組屋敷の井戸で清めると、いつもどおり機嫌のよい面もちで膳のまえに座った。上背のある身を屈めるようにして箸を取る。

むろん、生活《たつき》のゆとりなどあろうはずもないから、夕餉といっても、飯のほかは薇《ぜんまい》のお浸しと茹《ゆ》でたこごみに豆腐汁くらいである。となり近所の食卓も似たようなものゆえ、取り立てて気にしたことはなかったが、弟の話を聞いたあとでは、

――これが貧しいということだったのか。

胸のうちが重くふさがるようだった。

箸をすすめるうち、清吾がいつになく黙りがちであることに気づいたらしい。父は倅《せがれ》の顔を覗きこむようにしていった。

「どうかしたのか」

「いえ」

不機嫌といってよいほど平坦な声で清吾が応《こた》える。隣に座っていた乃絵は、たしなめるような眼差しを向けたが、わざとなのか弟は一度もこちらを見ようとしなかった。

父はもともと鷹揚な質《たち》だから、それ以上穿鑿《せんさく》することもしない。夕餉をすませると、やはり

疲れているようで、はやばやとあくびを洩らす。もうお寝《やす》みになられては、と母がささやき、父はいくぶん面映《おもはゆ》げにうなずいた。

「そうだな」

といって寝間へ向かう後ろ姿が、心なしか寂しげに見える。それを見送ると、乃絵は弟に目で合図をして外へ出た。

顔を上げると、数え切れぬほどの白い粒が空を覆っている。近くの田圃から響いてくるのだろう、気のはやい蛙《かわず》の啼《な》き声が、ひときわ大きく身を包んだ。家のなかでも聞こえていたはずだが、あれこれ気を取られて耳に入らなかったらしい。遅れてあらわれた清吾に向かい、乃絵は口を尖らせた。

「父上にいってはいけない、と申したのに」

「……いってはおりませんよ」

不満げに清吾が応える。とはいえ、おのれの振る舞いに思い当たることはあるようだった。

「申し訳ありません」

間を置かず低い声でいい、ふかぶかとこうべを下げてくる。乃絵が怒ったような困ったような面もちをたたえているうち、弟が顔をあげた。その瞳を見つめ、

「父上のお役目を疎《おろそ》かに思うてはなりませんよ」

と告げた声が、われながら説教がましく聞こえ、苦笑が洩れる。父はそうした大仰さを嫌うひとだった。

ずいぶん前のことになるが、まだ幼かった乃絵が、

「ちちうえのおつとめは、たいへんなものなのですよね」

念を押すふうに聞いたとき、

「たいへんでない勤めなどない」

静かな声がただちに返ってきた。素っ気ないともいえる答えに、そのときは不満を覚えたものだが、村山孫右衛門とはそういう人なのだと、今では分かっている。そうしたあり方を好もしく思うようにもなっていた。

姉の唇もとに浮かんだ笑みをふしぎそうに見ていた清吾が、

「父上のお役が不満なわけではありません」

はっきりした声音でいった。「ただあれこれ言われるのが業腹で」

まるで、ことばを押し出すような口調だった。乃絵はさして思案することもなく応える。

「つぎに何か言われたら、いちど泥にまみれてみろ、と返してやりなさい」

清吾は呆気に取られた体《てい》で姉を見つめていたが、ややあって、喉の奥から明るい笑声をこぼした。

「それはなかなか言えそうにありません」

たしかにそうですね、と乃絵もつい吹きだしてしまう。蛙の啼き声がつかのま掻き消されたように感じた。

三

乃絵と清吾は父のそばに立ち、眼下に横たわる幅の広い川を見つめていた。梅雨晴れのつよい日差しが天頂から降りそそぎ、銀色の輝きが水面《みなも》のあちこちで躍っている。一昨日まで雨つづきで水嵩《みずかさ》が増しているため瀬音は大きく、ふだんなら痛いほど耳に刺さる鵯《ひよどり》の声も途切れがちとなっていた。

足もとには川べりへ向かって急な傾斜がつづいているが、茂り放題の草木に覆われているため、はっきりとした道はうかがえない。まだ足もとがあやういゆえ、下には降りぬよう厳しく言いふくめられていた。

乃絵たちが立っているのは、城下から杉川《すぎかわ》を三里ほど遡ったあたりに築かれた土手で、平九郎《へいくろう》堤《づつみ》と呼ばれている。いまは猛々しいほどの緑にさえぎられて見えにくいが、近くの難所がたびたび決壊して大水《おおみず》をもたらすので知られていた。地元の百姓たちは、そこを天狗《てんぐ》の曲がりなどと称している。

六、七十年も前には、ちょうど検分に来ていた当時の家老や普請奉行が大水に巻き込まれ、落命したり深傷《ふかで》を負ったりしたこともあると聞く。むろん藩としても放置しているわけではなく、決壊するたびに莫大な費用をかけて修繕しているのだが、やはり人の為すことには限りというものがあるらしい。その後も十数年に一度の割合で堤がやぶれ、流域の村々が甚大な被害をこうむりつづけているのだった。

　昨秋がその十数年目に当たっていたのか、大きな嵐で平九郎堤が決壊した。すぐには手がつけられないほどの被害で、年をまたいでようやく費《つい》えの目途も立ったことから、父が補修のお役を仰せつかったのである。清吾と普請方の務めをめぐる遣り取りがあって、ほどなくのことだった。

「いちど平九郎堤を見てみとうございます」

　と言いだしたのは乃絵のほうだった。そう望んだ心もちの根は我ながらはっきりと摑めていない。あるいは弟をさんざん諭しながら、じぶんのなかでも父の務めに対する誇りがわずかながら揺らいでいて、それを築き直したかったのかもしれぬ。

　娘の願いを聞いて父は戸惑いの色を浮かべたものの、それほど渋い顔はしなかった。ことごとしくお務めの大義など振りかざす人ではないが、どこかしら嬉しく感じるところはあったのだろう。清吾も姉の抜け駆けをかるく咎めるふうな面もちを作りつつ、

「わたくしも」

　さして迷いもせずに乞うた。まあよかろう、と父が短く応え、非番の日に平九郎堤へ足を運ぶことになったのである。

　父は母にも声をかけたが、いえわたくしは、といっただけで笑っていた。筆づくりの内職を進めたかったらしい。

「あのあたりだ」

湿りがちな大気を透かして、父が指さしたところへ目を凝らす。たしかに流れの屈曲したあたりが大きく崩れ、横たわる屍《しかばね》のように土くれや草木が積み重なっていた。そこが天狗の曲がりに違いない。

数日うちには始める、とまるで川へ告げるようにいうと、父は面《おもて》を動かし、乃絵と清吾にかわるがわる目をやった。そのまま、おもむろに唇をひらく。

「また、泥にまみれることとなるな」

ふたりして息を詰めたものの、むろん例の遣り取りを父が知っているはずもない。乃絵がおもわず弟のほうを見やると、

「その……父上は、お役目のことをどう思っておられるのですか」

清吾が口籠もりながら問うた。あまりに直截《ちょくせつ》な物言いと呆れたが、弟からしてみれば、ようやく声に出せたというところかもしれない。

「どう、とは」

どこか面白がるようにして父がいった。考えてみれば、今まであらたまってこうした話をしたことはない。乃絵はもちろんだが、清吾もおなじだろう。

「――そうですね、楽しいとか」

いくぶんためらった後に弟が語を継ぐ。「……嫌だとか」

間を置かず、孫右衛門が笑声をこぼす。それは日ごろ静かに微笑をたたえる父から聞いた覚えもない手放しの笑い方で、乃絵は弟と顔を見合わせてしまった。

ひとしきり笑ったあと、

「考えたこともなかったな」

といって、父はおだやかな目を向けてきた。「お務めとは、ごく当たり前にあるものと思うていたゆえ」

「…………」

「だが」

孫右衛門は、おのれへ問うように虚空を見つめた。その視界を薄黄色の蝶が横切ってゆく。

「あらためて問われてみれば、すくなくとも嫌いではないようだ」

「さようですか」

弟の声に、わずかな不審の色がふくまれる。

「ふしぎか」

孫右衛門がおどけた口調で発した。これもまた、父にしてはめずらしいことだったが、母ならこうした顔を知っているのだろうか、という思いが脳裡《のうり》をよぎる。父はかすかな笑みを唇もとに浮かべたままつづけた。

「いつも泥にまみれてきつそうなのに、ということかの」

「いえ、はい……」

清吾が言い淀みながらこたえた。乃絵は息を凝らし、ふたりの面に視線を這わせる。急に日差しがさえぎられたと感じて顔をあげると、鈍い色の雲がまるで大きな生き物でもあるかのように、ゆったりと空を渡っていた。

「まあ、汚れたりきつかったりせぬに越したことはないが」

父も空を見上げ、ひとりごつようにつぶやく。「だからといって、嫌だというわけでもないな」

「――さようなものでしょうか」

弟がやけに真剣な面もちで問いを重ねる。父はすいと笑みをおさめ、かるくうなずいてみせた。

「そうだ。すくなくとも、わしは」

清吾がゆっくりとこうべを垂れる。かろうじて聞き取れるかどうかという声で、ありがとうございました、と発するのが聞こえた。なぜかは分からぬものの、弟を羨ましいと思っている自分に気づく。父がどういう表情をしているのか知りたかったが、ためらう心もちがまさり、とうとうそちらに顔を向けられなかった。

四

ここ数日、目に見えて、父の帰りが遅くなっている。平九郎堤の修築が本格的にはじまったのだった。

筆頭組頭である孫右衛門は、おのれの組を差配するかたわら、普請奉行の片腕となってぜんたいの進捗に目を配らねばならない。躯も心もぎりぎりまで使い切っているのだろうと想像できた。

むろん、毎日泥と汗に汚れて帰ってくるが、清吾も今さら不服げな顔を見せようとはしなかった。父は夜も闌《た》けた時刻に戻ってきて、井戸端で水を浴び、無理やりのようにして飯を掻き込む。そのまま引きずられるごとく横になるのだった。

「うまく進んでおられぬようですね」

父が眠ったあと、膳を片づけながら、母が案じげにつぶやく。この女《ひと》がお務めのことを口にするのは初めて聞いた気がした。

「どうしてそう思われるのですか」

尋ねる声が、われしらず訝《いぶか》しげになる。父が疲れているのはすこし見れば分かるものの、ふだんとことなるような覚えはなかった。

母はおかしそうに笑うと、

「いつもより、すこしだけ口数が多かったでしょう」

といった。心配をかけぬようにということなのか、昔から、うまくいっていないときは、ふだんよりよくしゃべる癖があるという。

思い返してみたが、やはり目立った違いがあったとは感じられない。母にしか分からぬことなのだろう。

「天狗の曲がり――」

気がつくと、そう声に出している。今まで何度やぶれたか知れぬ難所であり、いかに父が励んでも、とこしえに安泰とはいかぬはずだが、それはみな分かっていることだった。だからといって放っておくわけにもいかない。

かたわらでは、清吾が唇を結んでおのれの膝を見つめている。ふと、この子はどのような侍になるのだろうかと思った。

「半夏生《はんげしょう》、ですか」

父が口にしたことばをたしかめるように繰りかえす。そう、半夏生じゃと孫右衛門は内職の手を止めずに今いちど告げた。

雨のため工事が休みになり、いかにも手持ちぶさたという風情で父が筆づくりの内職を手伝っている。清吾は藩校におもむいていて、父母と乃絵の三人が車座になって手を動かしていた。父も慣れているとは言いがたいから、けっきょく大半を母がやり直すことになるのだが、もうお止《や》めになってくださいといわれるわけでもない。

「夏至から十一日目じゃから、もうそろそろだな。その日までに田植えをすませることとなっているゆえ、百姓衆も気を揉んでおろう」

「……はい」

ことばそのものに聞き覚えはあったが、あまりそうしたことに通じていない乃絵は、はかばかしい応えができなかった。もっとも父も内職のつれづれに話しただけだから、それほどたいした意味がないのは分かっている。

「その日は天地に毒気が満ちるといわれておる。それゆえ井戸に蓋をせよとか、種を蒔《ま》くなとも聞く」

手を止めぬまま、父が声をかさねる。めずらしく口数が多いなと思った途端、先だって母のいったことが頭をよぎった。

——雨で休みになって焦っておられるのだ。

横目で父の表情をうかがったが、もともと喜怒哀楽をあからさまに出す質ではないから、とくに変わったところは見受けられない。母も常のように、微笑をたたえながら筆づくりにはげんでいた。慎重に毛先の長さをそろえ、しっかり根元を縛ったうえで、糊をつけて柄におさめてゆく。乃絵や父とは仕事の速さがまるで違っていた。

「なぜ、そういう呼び方をするのでしょうか」

取り立てて半夏生に関心があったわけではないが、もう少し父と話していたかった。父も会話をつづけるのが面倒ではないらしく、何か思い起こすような口調で語を継ぐ。

「半夏《はんげ》という名の草があってな。わしも詳しいわけではないが、見たことはある。ひょろりと頼りなげじゃが、毒を孕んでおるという」

「…………」

毒ということばは恐ろしくも感じられたが、つかのま手を休めて聞き入る。いつしか、父の手も止まっていた。母だけが、はやくも二本三本とつくり終えている。父が話を締めくくるような調子でいった。

「つまり半夏が生ずるころ、という意味じゃな」

「ああ――」

なるほどよく分かりました、と応え、礼のつもりでかるく頭を下げる。半夏生、と口中で繰りかえした。禍々《まがまが》しげな由来の割にうつくしい響きだと感じる。父はお務めが滞って気が気でないのだろうが、こうして話ができたのは雨のおかげといえなくもなかった。


じき熄《や》むと思われた雨は幾日も降りつづき、父はそのまま屋敷で足止めとなった。梅雨明けも近いと見込んではじめた工事だから、すっかり目算がはずれたかたちながら、嵐の時季までに終えようとすれば、明けてからでは遅いと聞く。費えさえ調達できていれば早めに着手できたのだろうが、そこは父の手が届かぬ領分だった。

すこしのんびりできた風に見えたのは最初のうちだけで、父も焦りを隠しきれずにいる。声を荒らげたりということはないが、平生とは異なり、眉間が曇りがちなのは明らかだった。さすがに清吾も気づいていたらしい。いくらか小降りになったときを見計らい、ふたりで井戸へ水汲みに出た折、

「……だいじょうぶでしょうか」

不安げな眼差しをたたえて問うてきた。乃絵は溟《くら》く淀んだ雲を見上げ、じぶんへ言い聞かせるように応える。

「空模様ばかりは、どうしようもありません。わたしたちよりずっと、父上は分かっておられるはず」

なるべく楽しい話でもして過ごしましょう、というと、清吾が唇もとに苦笑を滲ませた。

「姉上のほうが跡取りのようでございますな」

「ばかなことを」

皮肉というわけでもなさそうだったから、軽くあしらっておく。弟もそれ以上、言いつのってはこなかった。

甕《かめ》を下げて屋敷へもどると、父とおなじ四十がらみの男が土間にたたずんでいる。まとった蓑《みの》から垂れた雫《しずく》が、足もとを黒く染めていた。名まえは知らぬが、幾度かこうして来たことがあったから顔は覚えている。普請方の役所で召し使っている中間《ちゅうげん》だった。乃絵たちが井戸へゆくのと入れ違いにやってきたのだろう。

ちょうど話がすんだところのようで、上《あ》がり框《がまち》に立ったまま男と対していた父は、

「委細承知した」

ごく手短かに応えた。男は、よろしゅうお願い申し上げまする、とこれもひどく簡単なことばと会釈だけを残して去ってゆく。父は土間の隅で立ちつくす乃絵たちに目を向けると、

「お召しがあった」

口早に告げて背を見せた。いつの間にか、母がそのかたわらに膝をついている。屋敷のなかは薄暗く、表情はよく分からなかった。

「お待ちください」

われしらず、父を呼び止める声が洩れる。急いでいるに違いないが、振り返った孫右衛門の眼差しは、いつもとおなじく波立ちを見せぬものだった。

「お召しとは、いかなることにございましょうか」

ふだんはせぬことだが、問わずにいられなかった。父はおだやかな笑みを浮かべると、

「小降りになってきたゆえ、今のうちに少しでも普請を進めよとのお達しだ」

平坦な口ぶりでいう。やはりいつもの話し方ではあるが、心なしか、あえてするふうにも感じられた。

普請奉行か、治水を掌《つかさど》る家老の命《めい》なのだろう。たしかにいくらか降り方は弱くなっており、だからこそ清吾と水汲みに出たのだが、このまま熄み切るかどうかは危ぶまれた。

――よほど急ぐわけでもあるのだろうか……。

乃絵の心もちが伝わったのか、孫右衛門はわずかに声を高めて、

「半夏生じゃ」

といった。清吾が戸惑いがちな声で、半夏生、と繰りかえす。父はうなずきながら語を継いだ。

「田植えはもう、あらかた終わっておる。万一にも堤が崩れると、すべて台なしになってしまう」

「とは申されましても――」

食い下がるように言い募り、乃絵は履き物を脱いで父に近づいてゆく。清吾も呆然となったまま、後につづいた。詰め寄るかたちになってしまったが、気にかけるゆとりもない。

「むりに出張《でば》って、それこそ万一のことがございましては」

「案じるな」

「されど……」

さらにことばを重ねようとしたが、それ以上いうなと母が目顔で留めていることに気づく。乃絵は迫《せ》り上がってくる声を飲みこみ、肩を落とした。仕度をすべく、父と母が居間へ向かう。せめて自分も手伝いたかったが、それは母の務めなのだと分かっていた。

待つほどの間もなく、蓑をまとい足ごしらえをすませた父が土間に立つ。母子三人して上がり框に手をつき、ふかぶかと頭を下げた。

「では行って参る」

いつにも増してしずかな口調でいうと、父はおもむろに踵《きびす》をかえした。その背中をもっとつぶさに見ておけばよかったと悔いたのは、まる一日が経ったあとのことである。

五

「では行って参ります」

土間に立って一礼した清吾の面もちが、はっきりと強張っている。心細げなうしろ姿を見送りながら、乃絵じしん頬のあたりが固くなるのを留められなかった。並んで上がり框に坐す母の横顔は見るのが怖いような気がして、顧みられずにいる。

小降りになったとお召しがあった日は夜通しの工事になったという。翌日は昼すぎから息もできぬほどの豪雨がつのり、修繕途中だった平九郎堤はふたたび破れた。普請方や足軽など数十人が決壊に巻き込まれ落命したが、孫右衛門もそのなかに入っていたのである。

父の骸《むくろ》を見つけた折のことは、ひと月経ったいまでも忘れられない。家族みなで泥まみれになって岸辺を探しまわり、ようやく見出したのである。藩から遣わされた人手にくわえ、あたりは似たような男女でひしめきあっており、みな焦燥と絶望の色を顔じゅうに塗りたくっていた。

父と最初に出くわしたのは弟で、決壊した箇所から二十間《けん》ちかく下流の岸辺に打ち上げられていた。後頭部が大きく砕けていたものの、顔には擦り傷くらいしかなく、それだけが救いといいえる。そう思うしかなかった。

おおもとは執政の誰かからせっつかれたに違いないが、むりな命を発したとして普請奉行が更迭された。それ以上の処分は聞いていない。あるじを亡くした家は乃絵たちのほかにもいくつかあり、ひとしなみに家督相続がゆるされた。

きょうは弟がはじめて出仕する日である。おのおの思うことはあるはずだが、自分をふくめてだれも口にはしない。繰り返すべき日々が目のまえに横たわっている。まずはそれをひとつひとつこなしていくのが先決だったし、そのことはむしろありがたくすらあった。が、清吾の出仕が現実となったいま、胸騒ぎのようなものを抑えられずにいる。

——いずれ弟も平九郎堤の修繕に駆り出されるのだろうか。

そのことであった。普請方にはさまざまなお務めがあり、領内には補修を待っている道や土手があまた控えている。弟が平九郎堤に関わるとはかぎらぬものの、喫緊《きっきん》の課題であり、そうした目は少なくないように思えた。むろん、命じられれば拒むことはできぬが、胸がざわめくのはどうしようもない。

放っておくとそうした思いに取り込まれそうだったから、内職の品を届けてくれと頼まれ、ほっとした心もちに見舞われる。風呂敷に包んだ何十本もの筆をかかえて、昼下がりの組屋敷を出た。

季節に目を向けるゆとりもないうち、梅雨はとうに明けて夏の盛りとなっている。ゆっくり眺めることもなく今年の紫陽花は姿を消し、杉木立ちに左右をはさまれた田舎道のところどころで梔子《くちなし》が白い花を広げていた。

足を止め顔を近づけると、甘やかな芳香が胸の奥に満ちてくる。強張っていた気もちが、わずかながらやわらぐ気がした。ひとりでに指が伸び、一輪だけ折り取っている。

「あっ」

ふいに離れたところから男の声が響き、乃絵は身を竦《すく》ませる。取ってはいけない花だったのかと思った。

あわてて顔を向けるより先に、だれもいないと思っていた一本道に足音らしきものが響く。

気がつくと、意外なほど近くに二十歳《はたち》くらいの侍がひとり立っていた。よほど乃絵が驚いた顔をしていたのだろう。角ばった無骨な面をばつわるげに逸らした。

「お邪魔してしまったようで、申し訳ござらん。ええと――」

そこにある草は毒を持っておりますゆえ、お気をつけなされ、といって頭を下げ、立ち去ろうとする。眼差しを落とすと、足もとにひょろりと長い草が伸びていた。それでいて、芯に剛《つよ》いものが通っているようにも見える。

「あの……」

われしらず相手を呼び止めていた。まるで逃げるふうに立ち去る後ろ姿があまりに居心地わるげで、かえってすまないような気もちになったのである。

はあ、とあからさまな気おくれをたたえて男が振り向いた。いかにも恐る恐るという体で、こちらを差し覗いてくる。乃絵は足もとを指して問うた。

「これのことでございますか」

「さよう。烏柄杓《からすびしゃく》といいます」

烏柄杓、と繰り返してこうべをひねる。知らない名まえだった。そのさまを見て、男が鹿爪らしく付けくわえる。

「半夏とも申しますな。まあ、名まえはどうでも構いませんが」

――半夏……。

いつか父が話してくれたのは、これだったらしい。天地に毒が満ちると聞けばいかにも禍々しいが、目のまえにある草からそうした気配はうかがえぬ。この半夏が生じるころ、あのひとはいなくなったのだと思った。

　にわかに黙り込んだじぶんを、男が怪訝《けげん》そうな面もちで見守っている。乃絵はゆっくりと相手に近づき、さいぜん折り取った梔子を差し出した。

「よろしかったら、これを」

　目を白黒させるとはこれか、と思えるほど戸惑った表情を男が浮かべる。こうした振る舞いをするのは乃絵とてはじめてだから、無理もないといえた。それでいて、さしたるためらいもなく梔子を手渡そうとしたのは、家族でない誰かと関わることでしか救われぬ心もちがあったのかもしれない。

　つかのまためらっていたものの、あやしい女ではないと思ったのだろう、男はそろそろと手を伸ばして白い花を受け取った。

「ああ」そのまま顔に近づけ、ぽつりとつぶやく。「よい匂いがいたしますな」

「はい……ありがとう存じました」

　今になって、じぶんがひどく大胆なことをしたと思えてきた。急に決まりがわるくなり、返すことばが籠もりがちになる。引き換えにというわけでもあるまいが、男がようやく安堵したような笑みを見せて、こうべを下げた。

六

秋が深まるにつれ、嵐のおとずれが繁くなってくる。ことしは梅雨どきの大水で被害をこうむったばかりだから、執政府が恟々《きょうきょう》としていることはたやすく想像できた。弟はやはり平九郎堤の工事に駆り出されたものの、さいわい危うい目には見舞われなかったらしい。修築は間に合い、今のところ持ちこたえている。

家督を継いだばかりの若輩ゆえ言われるとおり働いただけにせよ、清吾にもじぶんが築いたという心もちがあるようだった。非番の日も一日かけて杉川をさかのぼり、平九郎堤を見に行くことがたびたびある。そうしたとき、母はうれしさと不安の混じり合った顔をして送り出すのが常だったが、じぶんがどのような面もちをたたえているのか、乃絵には分からなかった。

――いつも泥にまみれて……。

藩校で蔑みのことばを受け、唇を嚙みしめていたのは、つい半年ほどまえに過ぎない。あれから驚くほどさまざまなことが変わったが、弟がいまのお務めをどう思っているのかは、聞かずじまいだった。あまりに大上段すぎて面映い心地がしたのである。かりに父が生きていたとして、清吾に家督をゆずったあとも、ことごとしく問いはしないだろう。励んでいるなら、それでよかった。

今日も非番を利用して平九郎堤へおもむいた清吾が帰ってきたのは、秋の日が夕映えの色に染まりはじめた頃合いである。土間に立った弟は横ざまに光を浴び、全身が油を塗ったようにかがやいて見えた。

「思いついたことがあります」

草鞋《わらじ》を脱ぐ間ももどかしいらしく、清吾は立ちつくしたまま、どこか弾んだ声でいった。奥から出てきた母も、息子の顔をいぶかしげに見つめている。どうも尋ねてほしそうだなと感じ、乃絵は上がり框に腰を下ろして、弟の面を仰いだ。

「と申しますと」

言い終えぬうちに、清吾が勢いこんで上体を乗り出す。熱い息とともにことばが迸《ほとばし》った。

「川の流れを変えてはどうかと思うのです」

「流れを……」

繰り返した声が母のそれと重なる。弟がなにを考えているのか、すぐには見当がつかなかった。

清吾は今日も杉川の上流まで歩き、母がつくってくれた握り飯を頬張りながら、いちにちかけて平九郎堤をつぶさに見てきたという。治まっているあいだ、わざわざ刻をかけて検分する者はいない。あたりは怖いほどひっそりとしており、白い萩の咲き乱れる道を、時おり田畑への行きかえりとおぼしき百姓たちが通りかかるくらいだった。

さいしょ、感慨めいたものをもって父やおのれの関わった堤を見やっていた清吾だが、しばらくそうしているうち、

――いずれ、また破れるのだろうな。

苦い思いにとらわれはじめた。藩史をつうじて、この堤は幾度となく崩れている。次はないと言い切りたい心もちはあったが、根拠となるものはなかった。

――つまり、どうあっても崩れるということなのだ。

ながく思いあぐねた末、清吾は考え方の向きを変えてみたらしい。破れるたびに繕い、また破れる。それは、いまのやり方では避けられない成り行きだと気づいたのだった。

とはいえ、堤の築き方など、そういくつもあるものではない。違う方法があるのなら、誰かがとっくに試しているはずだった。

――だとしたら……。

川べりに腰かけ、上空を舞う鳶《とび》の啼き声を聞くともなく耳にするうち、ふいに思いついたのだという。

「堤でなく、川のほうを変えると……」

呆然とした心地に見舞われながら、乃絵はたしかめるようにつぶやく。いつの間にか草鞋を脱いだ清吾が上がり框に膝をついて向かい合い、ふかぶかと首肯《しゅこう》した。

「平九郎堤が破れるのは、天狗の曲がりがあまりにも急だからです」

かたわらで母が面を伏せたのは、孫右衛門のことを思い起こしたからに違いない。むろん清吾も忘れているはずはないが、父を亡くした身だからこそ、あの惨事の繰り返しを止められるかもしれぬという昂揚がまさっているのだろう。息子とは、こうしたものかと思った。

「ですから、まずは曲がりのところに蛇籠《じゃかご》や鳥足《とりあし》を置いて――」

清吾は夢中になってことばをつづける。蛇籠や鳥足は、竹や木を組み合わせた大がかりな道具で、流れを堰《せ》き止めたり方向を変えたりすべく川のなかに数え切れぬほど並べ置く。普請方の家に育ったのだから、乃絵もそれくらいは知っていた。が、弟にとってはすでに単なる知識でなく、日々目にするものとなっているらしい。

清吾が平九郎堤の修築にたずさわるのを恐れたことが、何十年もまえのように思えた。幼いころから見慣れたはずの弟が、にわかに見知らぬ生き物のごとく感じられてくる。どこか気圧されるような思いを抱きながら、乃絵は紅潮する清吾の面ざしを見つめつづけた。

七

水辺で人足《にんそく》や足軽たちの立てる喧騒が、堤の上からでもはっきりと耳に飛び込んでくる。乃絵は眉のあたりに手を翳《かざ》して陽光を遮りながら、川普請のようすを見やっていた。

普請奉行を通して上申された清吾の献言は、さまざま遣り取りを経たのち、執政府の容《い》れるところとなった。さいごは、筆頭家老の宇津木頼母《うつぎたのも》が鶴のひと声で決めたと洩れ聞いている。

あくまでこの普請に関してではあるが、清吾は差配副役に任じられ、じっさいには現場の進捗を取り仕切っている。ふつうなら若すぎるとして反発を食う人事ながら、孫右衛門の人望と、その父をうしなった息子ということで、かえって好意的に迎えられているらしい。父の遺徳というほかなかった。

清吾も務めに余念がない。暇さえあれば治水に関する文献を読み漁り、あれからたった一年で広範な知識を身につけていた。今日も朝から現場に出ているが、乃絵がおとずれることは伝えていない。

弟に知らせずようすを見に来ることは、これまでにも幾度かあった。そうしなければ一日どうにも落ち着かぬ思いに駆られ、内職も手につかなくなるのである。母にはお見通しらしく、見かねてというよりは、ごく自然な口ぶりで、

「行ってくるといいでしょう」

とすすめてくれるのだった。母の実家もやはり普請方だから、あるいは乃絵とおなじいたたまれなさを感じつづけてきたのかもしれない。幾度か平九郎堤に足をはこぶうち、そんなことを考えるようになっていた。

――けっきょくのところ、わたしは悔しいのだ。

勁《つよ》さを増す夏の日差しに身をさらすうち、今まで見つめることを避けてきたものが目のまえに迫り出してくる。嵐で盛り上がった水面が押し寄せてくるようだった。

自分も、というよりは自分こそ父のお務めを理解していると思っていたが、いつの間にか弟がその席に座っている。安堵する気もちもまことながら、どこかしら理不尽めいたものを感じずにはいられなかった。じぶんが普請の現場に立つことは、これからもないだろう。

「――卒爾《そつじ》ながら」

とつぜん背後から声をかけられ、軀がすくむ。おそるおそる振り返ると、野袴《のばかま》をまとった四角い顔の侍が、瞳をおおきく開いてこちらを見つめていた。

おぼえず後じさりそうになったが、

「ああ……」

ややあって喉の奥から声が洩れる。去年の今ごろ、半夏のことを教えてくれた男だと気づいたのだった。あの折は梔子の花を渡したあと急にいたたまれなくなり、足早に立ち去ったのである。

乃絵が思い出したことを察したらしい。男は頰のあたりをわずかにゆるめた。そうすると、無骨な面もちが、にわかに人なつこく見えてくる。

「やはり、以前お目にかかった方ですな。その節はご無礼いたしました」

あらためて腰を折り、男が告げる。「勘定方《かんじょうかた》、白木藤五郎《しらきとうごろう》と申します」

「勘定方……」

礼を返しながら、口中でつぶやく。白木と名のった男が、唇もとに微笑をたたえていった。

「さよう。いまは川普請の掛かりを按配《あんばい》しております」

「掛かり、でございますか」

話の接《つ》ぎ穂《ほ》が見いだせず、相手のことばをただ繰り返す。白木は首肯して、おもむろに口をひらいた。

「金がなければ普請もできませぬゆえ」

白木が何かいうまえに、べつの声が後ろから響く。おどろいて顔を向けると、清吾が当惑に満ちた面もちを隠しもせずふたりを見やっていた。その表情のまま、おのれへ問いかけるように洩らす。

「なぜ姉上がここに……」

姉上だと、と白木が頓狂な声をこぼす。木偶《でく》人形のごとく首を振り、乃絵と清吾をせわしなく見つめた。

「村山どのの姉君だったのか」

えっ、とこんどは乃絵があげそうになった声を吞み込む。弟とこの男に面識があるなど、考えてみたこともなかった。

が、話を聞いてみれば、むしろしぜんな成りゆきで、白木は勘定方として、この川普請の費えを差配している。清吾とも幾度となく現場で顔を合わせていたという。乃絵も弟に黙って平九郎堤をたびたび訪れていたから、いつかは出くわすことになっていたのかもしれない。

「それで、姉上は何か御用で……」

いぶかしげな声をあげながら、いや、それより、なにゆえ白木どのと姉上が、とひとりごちて清吾が首をひねる。

「まあ、その話はあらためてといたそう」

白木がいなすようにいった。じっさい、お役目で来たのだろうから、そうそう無駄話もしていられないに違いない。こっそり見に来ていたことはけっきょく隠しようもなかろうが、とりあえずこの場がうやむやになるなら、乃絵としてもそのほうがありがたかった。

その心もちが伝わったのか、白木がさりげなく目くばせを送ってくる。無骨な面ざしに似合わぬしぐさだったが、いやだとは感じなかった。

八

「遅くなってすまぬ」

背後から呼びかけられ、乃絵は瞑《つむ》っていた目をゆっくりと開く。近づいてくる足音には気づいていたし、声は紛れもなく夫のものだったから、おどろきはしなかった。

立ち上がって振り向くと、額に汗を浮かべた藤五郎が、乃絵と墓塔にかわるがわる眼差しを向けていた。まだ十歳にはならぬ男の子をふたり、かたわらに連れている。小さいほうが、しばらく宝篋印塔を見つめてから藤五郎を仰いだ。

「おじいさまやおばあさま……おじさまもここにおられるのですか」

「そうだ」

藤五郎は顎を引くと、

「これからは、おじさまがお前の父上になる」

ひとことずつ嚙みしめるようにいった。男の子がいくぶん張り詰めた表情になって、うなずき返す。乃絵と藤五郎の次男で、松之丞《まつのじょう》という名だった。

平九郎堤のあたりで杉川の流れを変えるという工事は、十年経った今でもまだつづいている。川普請とはもともとそうしたもので、子の代で成し終えればいい方だとされていた。

そのあいだに乃絵は藤五郎のもとへ嫁いだ。平九郎堤で再会して以来、藤五郎は時おり清吾のもとを訪ねるようになっていたから、ごくしぜんな成り行きといっていい。男子をふたりもうけ、このたび次男が清吾の養子として村山家へ入ることになった。

清吾は組頭となって普請の先頭に立ちつづけていたが、つい十日ほど前、梅雨どきの豪雨で増水した川に呑まれて落命した。母がすでに亡くなっていたのはせめてもの救いで、妻帯はしていたものの子はなかったから、甥にあたる松之丞が養子として家を継ぐことになったのである。まだ届け出てはいなかったゆえ、村山の家は取り潰されても仕方のないところだが、清吾とその父の功がみとめられ、末期《まつご》養子としてゆるされたのだった。

弟が世を去ったのは孫右衛門とおなじく半夏生のころで、不吉じみたことを言いつのる親類もいたものの、乃絵は意に介さなかった。半夏ないし烏柄杓はじぶんと藤五郎を結びつけるきっかけになった草でもある。地上に穢《けが》れが満ちる時季だというが、穢れなど常に満ちているのではないかと思った。

清吾をうしなって日も浅いから、身のうちを掻きむしられるような痛みに絶え間なく見舞われる。それでいて、おなじころ世を去った父と弟の結びつきに羨望めいたものさえ感じることがあった。

孫右衛門が迎えに来たなどとありきたりな物言いをするつもりはないが、自分はとうとう、ふたりの間に入れなかったという気がしてならない。むろん、どちらも長く生きてほしかったには違いないものの、こうなるしかなかったのかと、遠くひろがる夏雲を仰ぐような心地も抱いていた。望んだことはなかったが、じぶんの子を介して、ようやくふたりに近づいたのかもしれない。

夫や子どもたちが神妙な面もちで墓前にこうべを垂れる。乃絵は一歩さがって三人の背を見つめていた。肩の厚い藤五郎の後ろ姿が、子亀を連れた親亀のごとく感じられる。

やがて体を起こした夫が、

「では参ろうか」

といった。ええと応え、四人で連れ立って歩みだす。はやくも蟬の声を聞いたように思ったが、空耳かもしれなかった。


本堂の角を曲がり、黒くかがやく山門が望めたところで、松之丞が、

「あっ」

足もとを指さし、声をあげた。立ち止まって目を凝らすと、痩せた長い草が何本か固まって生えている。

「ふしぎなかたちですね」

息子がこちらを見上げていった。乃絵は膝を折り、松之丞と同じ高さに目を合わせる。唇をひらき、さまざまなことを思い起こしながら、ことばをつむいだ。

「半夏という名の草です。これが生えてくるころを半夏生といってね――」

ああ半夏か、そうだなと夫がつぶやく。これから何十年経ったあとも、ひょろりと長い草が繁るころになると、じぶんは父と弟のことを考えるのだろうと乃絵はおもった。

江戸紫

一

「国もとから参った近習組《きんじゅうぐみ》の田丸仙十郎《たまるせんじゅうろう》と申す。火急の用向きにて、ご家老さまにお目通りをたまわりたい」

ひといきに告げると、四十がらみの門番が、しばしお待ちを、と言い置いて中へ入ってゆく。門扉の向こうにその姿が消えるのを見定め、ようやく肩から力が抜けた。

七日強の旅程をこなして神山藩《かみやま》の江戸屋敷に辿り着いたのである。参勤の折は十四泊十五日が定めとなっているゆえ、およそ半分ということになる。殿さまのお駕籠《かご》を守っての道中と異なり、おのれ一人《いちにん》だから無茶というほどでもないが、まだ二十歳《はたち》を出たところとはいえ、やはり疲れていたし気も張っていた。できればこのまま眠ってしまいたいとさえ感じる。

——が、そうはいかぬ。

洩《も》れ出ようとする欠伸《あくび》を嚙み殺す。江戸家老の佐倉外記《さくらげき》に急報を伝える使者として、近習組のなかからとくに田丸仙十郎が選ばれたのである。ご家老に口上を伝えねば、道中いそいだ意味がなかった。

空のどこかから鵯《ひよどり》とおぼしき囀《さえず》りが下りてくる。こうべをあげて周囲を見まわしたが、それらしき姿は目に留まらなかった。小高い海鼠塀《なまこ》の向こうに欅《けやき》が聳《そび》えているから、その梢《こずえ》で羽を休めているのかもしれぬ。

さほど待つこともなく門番がもどってくる。どうぞお入りください、といって潜り戸を通してくれた。

神山藩の江戸藩邸は本郷《ほんごう》にある。池之端《いけのはた》から無縁坂《むえんざか》を上り詰めたところで、日の本有数の大藩から分かれた家ゆえ、ご本家の江戸屋敷に隣接、というよりは、広大なその一郭に間借りするような形になっていた。分家はもうひとつ、神宮寺《じんぐうじ》藩というのがあって、そちらの屋敷とは文字どおり隣り合わせになっている。

出府するのは初めてのことで、我ながらよく迷わずに到着したものだと思う。本郷に着くまでも、目にする江戸の風物に圧倒され放しだった。道行く町人たちの身ごなしも、どことなく垢ぬけて見える。

用意された濯《すす》ぎを使い、若い武士に先導されて屋敷の縁側を歩む。中庭では、とりどりの桔《き》梗《きょう》が花を開かせていた。あざやかな紫の色が目から流れ込み、いくぶん疲れが軽くなった心地がする。

目指すひと間のまえに来ると、先に立った武士が膝をついて中に呼びかける。おもく低い声が返るのをたしかめ、障子戸をひらいた。

なかに入ると、十二畳ほどの座敷に、五十すぎかと思える男がひとり座っている。こちらを見上げ、向かいに座るよう促した。腰を下ろすと、若い武士が縁側から一礼して障子を閉める。つづいて足音がゆっくりと遠ざかっていった。

「近習組、田丸仙十郎と申します」

低頭して名のると、

「聞いておる」

ごくみじかい返事だけがもどってくる。佐倉外記と会うのは初めてだが、饒舌《じょうぜつ》というわけではなさそうだった。

「して、出府のおもむきは」

問いに応じて膝をすすめ、奥まった佐倉の瞳を見つめる。そのまま声を落としていった。

「恐れながら殿のお加減が思わしゅうなく、急ぎご家老さまのお耳に入れるよう仰せつかりました」

「ご不予か」

佐倉は憂わしげに眉をひそめたが、さほど動じたようすはなかった。お世継ぎはすでに嫡子・鶴千代《つるちよ》ぎみとご公儀にも届け出てある。仮にまんいちのことがあっても、神山藩の行く末に影の差しようはなかった。

「どこがお悪い」

問う声も落ち着いているが、案じていないわけではないらしい。江戸家老に対する藩主・山城守《やましろのかみ》の信は厚いと聞く。佐倉にとっても、ご壮健であるに越したことはないはずだった。

「肝ノ臓がお弱りとの診立《みた》てで」

包み隠さず答えると、佐倉が溜め息まじりに、そうかとつぶやく。藩侯の家系には肝ノ臓をわずらう方が多く、お血筋といえばそれまでだが、やる方ない思いを免れないのだろう。

「今日明日どうこうはござらぬようですが、あるいは明春の御出府かなわず、などということがあるやもしれず」

「相分かった」

かくお知らせ申し上げる次第にて、と伝えて手を突いた。佐倉は、
といって、あらためてこちらの面を見やる。「このまま、しばらく江戸に残るがよい」

「はっ」

胡乱《うろん》げな声が喉からこぼれ出る。遊山《ゆさん》の旅ではないのだから、今すぐとはいわぬものの、使いのお役が果てれば帰郷するのがしぜんではあった。

「国もとへはわしから書状を送っておく」

有無をいわせぬ、というよりは、もともとそうなることが決まっていたような口ぶりで佐倉が告げる。

「持ち帰ってほしいものがある。仕度が整うまで、しばし待て」

二

目をあけると、見なれぬ天井が頭のうえに広がっている。あたりはすでに充分すぎるほど明るく、日が上ってそれなりに刻《とき》が経っているものと思われた。

明り取りの窓から差しこむ日の傾きで、だいたいの時刻は分かる。ふだんの近習組ならとうに起きて出仕している頃合いだろうが、今朝は疲れていたというほかなかった。

仙十郎は起き上がると、手早く着替えて井戸端へ出た。ちょうど侍長屋に空いている一軒があり、在府中はそこで過ごすよういわれている。手狭ではあるが、ひとりだけでもあるし、そう長い間とも思えない。とくべつ不満はなかった。

井戸のまわりに軽輩の妻女とおぼしき女たちや下女があつまり、思い思いに水を汲《く》んだり世間話に耽《ふけ》ったりしている。こちらに物問いたげな眼差しを向けてきたのは見慣れぬ男だと訝《いぶか》ったからだろうが、それほど関心があるふうでもなかった。

問われもせぬのに名のるのは妙だから、顔だけ洗ってその場を離れる。これが国もとなら、気安げに話しかけて来ぬのはおなじにせよ、あからさまに興味津々という風情をただよわせていたはずである。やはり江戸は違うなと思った。

戻って戸をあけると、三和土《たたき》に履き物が一足揃えられている。一瞬身構えそうになったが、こちらが声をかけるより先に、

「お待ち申しておりました」

奥から出てきた人影が上り口に腰を下ろして低頭する。上げた顔に見覚えがあると思ったら、昨日、佐倉家老の部屋へ案内してくれた若侍だった。齢はじぶんより二つ三つ上だろう。涼やかといっていい顔立ちをしている。相手は唇《くち》もとに微笑をたたえていった。

「馬廻《うままわ》り、内藤庄五郎《ないとうしょうごろう》と申します。ご滞在中のお世話を言いつかりました。ご用があれば何くれとなくお申しつけくだされ」

「それは何ともかたじけないことで」

ありがたい話ではあるが、では何を頼んだらよいものか、にわかには見当がつかぬ。仙十郎の戸惑いが伝わったのか、内藤と名のった若侍が清々《すがすが》しい声音で発した。

「よろしければ、江戸を案内《あない》するよう、ご家老から仰せつかっております。朝餉《あさげ》がすみましたら、お連れいたしましょう」

どこへ行きたいか聞かれたものの、江戸のことなどろくに分かるわけもない。知っているところも大してないから、まずは千代田《ちよだ》のお城を近くで見てみたいと応えた。

「では、日本橋《にほんばし》のほうへ向かいましょうか」

こころ安げに内藤が承知する。長屋を出ると、白っぽい日差しが仙十郎の総身を包んだ。夏も終わり、過ごしやすい時季だから出歩くにはちょうどよいといえる。

藩邸の門を出たところで、通りをこちらへ向かってくる人影に気づく。女のふたり連れだが、ひとりは武家、ひとりは女中のようだった。遠目ながら内藤に向けて会釈して来たから、存じ寄りの相手なのだろう。

「わが家のものでござる。ご挨拶はあらためまして」

ちょうど反対の方向へ行くところだから、待っているほどのこともないという体《てい》で若侍が踵《きびす》を返す。仙十郎もあとにつづいた。

内藤に先導され、本郷から南の方へすすむ。こんなことで刻を過ごしていていいのかという懸念はあったが、なにしろ他ならぬ江戸家老の命《めい》である。指図があるまで勝手に帰ることもならぬし、二度とはない機会だろうから、江戸の景をこの目に刻んでおいても罰は当たるまいと思った。

しばらく歩むと、澄んだ秋の大気を透かし、国もとの城とは比べものにならぬほど巨大な甍《いらか》が目に飛び込んでくる。

「さすがに見事なものですな」

おもわず呻き声に似たものをこぼすと、内藤が振り向いて告げた。

「あれは二の丸です。ご天守は百年以上まえに大火で焼けたままでございまして」

「……建て直されぬのですか」

じぶんでも声が不審げになったと分かる。公方《くぼう》さまの居城ともなれば、なにを差し置いても再建するのがふつうと思える。ご公儀の懐具合も潤沢とはいかぬだろうが、決して望みはせぬものの、諸大名にお手伝い普請を命じればすむことだった。

慣れた問いだったと見え、内藤はどこか誇らしげに二の丸を振り仰ぐ。

「城よりも民草《たみくさ》の手当てが先……と、そのころのお偉い方が申されましたそうで」

へえ、と間の抜けた声が喉から洩れる。孔孟《こうもう》の書にでもありそうな美談だが、さようなことを口にする方がまことにおられようとは考えてもみなかった。立派なひとというのは書物のなかにだけいるとも限らぬらしい。わが家中はどうだろうとしばし思いを巡らしたが、心当たりはなかった。

ふと、尾木内匠《おぎたくみ》の面ざしが目に浮かぶ。大がかりな収賄が明らかとなり先の筆頭家老が腹を切ってから、その後に就いた人物だった。とくに難があるわけでもないが、とうてい今聞いたような仁者には見えぬ。

ひとことでいえば、凡庸とはこういうものかと思わせるような人物である。とりあえず誰かを据えねばならなくなり、いちばん敵のいない内匠が選ばれたのだった。

たしかに敵はいなかったが、味方と呼べるほどの者もない。藩の草創期から家老の職にある家柄の出にふさわしく、温順というか、のんびりとした五十がらみの男である。

そこへ行くと、江戸家老の佐倉は遣《や》り手という評判だった。こちらも代々その職にある人物だから、家柄のある者はみな凡庸というわけでもない。ようはその人しだいということのようだった。

「どうかなされましたか」

内藤がこちらの顔を覗き込むようにして問うた。いつの間にか黙りこんでいたと見える。仙

十郎はひといき吸って心もちをととのえると、

「いや、江戸の大きさに呑まれておりました」

わざとおどけたふうにいった。

若侍は深くうなずくと、じぶんへ言い聞かせるような口調でつぶやく。

「江戸育ちの我らでも、しばしばそのような気になり申す。国もとから来られた方は、なおさらでござろう」

それを鼻にかけるふうがないのは、この男の美点らしい。ひそかに感心していると、ですが逆に、と相手が語を継いだ。「それがしなどは、いちど神山へも行ってみたく存じます」

「なにもないところでござるよ」

いくらか自嘲気味にいうと、内藤が苦笑まじりに応えた。

「さようかもしれませぬが、それはおのれの目で見て決めとうござるな」

「……ああ」

田舎には田舎のよさがある、などとありきたりなことをいう気もちは微塵《みじん》もなかったし、とくべつそう思っているわけでもないが、内藤の物言いはふしぎなほど腑に落ちた。おなじものを見ても、なにを感じるかは、そのひとによってまるで異なるに違いない。

気がつくと、人の波がずいぶん濃さを増し、ややもすると歩くのに困難を覚えるくらいとなっている。流れを掻き分けるように歩みつつ内藤の横顔を見やると、若侍が、こちらに目を向けていった。

「日本橋の駿河町《するがちょう》というところでござる。あれが名高き越後屋《えちごや》」

内藤が指さす先にあるのは、ふつうの店何軒ぶんもの構えをもった大店《おおだな》だった。通りをはさんでおなじ屋号の暖簾《のれん》がいくつもつづき、すこし見ているあいだにも、なかへ吸い込まれてゆく人影が跡を絶たない。町人の客が主だったが、供を連れた武家の奥方とおぼしき姿も見受けられた。

「覗いてみますか」

といわれたものの、外から見ているだけで、なにやら満腹になった気分である。呉服屋だというくらいは聞いたことがあるが、まだ妻帯もしていないし、反物《たんもの》など見てもよく分からぬだろう。曖昧な笑みを返しただけで、そのまま通りすぎてしまった。

三

内藤と別れて侍長屋に帰ってきたのは、日も傾きかけた頃合いである。昼食《ちゅうじき》には、旨《うま》いと評判の蕎麦屋に連れて行ってもらったが、どことなく落ち着かず、味もよく分からぬままだった。

冷たさをくわえてきた大気のなかに、名も知らぬ酸い花の香りが混じっている。六畳の真ん中に寝転がり、思い切り手足を伸ばした。歩き詰めで疲れてはいるが、お役目でないから心もちは楽といえる。

気が緩んだぶん眠気が襲ってきそうになり、思い直して上体を起こす。むろん寝てしまって構わぬようなものだが、今宵は内藤の宅へ夕餉に呼ばれていた。寝過ごしてしまうと具合がわるいから、刻限まで起きていることにする。どのみち眠くて身動きできぬというほどでもなかった。

壁に背を凭《もた》せかけ、ふかく息を吸う。われしらず腰のものに手を伸ばしていた。

——佐倉どのには気を許さぬよう。

側用人・南川惣右衛門《みなみかわそうえもん》のことばが胸をよぎったのだった。まだ三十を出たばかりだが、藩主の信任も厚く、江戸では佐倉外記と藩邸を二分する勢力を有しているという。いまは藩主について国もとへ帰っていた。近習組の田丸仙十郎が使者として出府すると聞き、内々に言い渡したのである。

それ以上のことばは耳にしていないが、佐倉とは肌が合わぬのだなと想像できた。とはいえ、おのれがどうすればよいのかは、さっぱり見当がつかない。

思い悩んでいるうち、あたりがすっかり藍色に染まっている。江戸でも、やはり日の足は早くなっているようだった。行灯《あんどん》をつけたものか迷いはじめたとき、

「ご免候え」

表から内藤の声が響く。仙十郎は応えて立ち上がり、三和土に下りて履き物を突っかけた。

限られた上《うえ》つ方《かた》をのぞいて、藩邸内の屋敷はどこも手狭といっていいから、内藤の住まいも

身分のわりに窮屈なものだった。父母はすでに亡くなり、妻にも若くして先立たれたため、通いの雇い人をのぞけば妹と二人暮らしだという。部屋は三つほどしかないようだったが、それで充分ともいえた。

「たいした持て成しもできませぬが」

内藤と向かい合うかたちで、客間に夕餉が仕度されている。膳の上に焼いた鯵《あじ》と蓮根の煮物、小ぶりに盛られた飯椀などが並んでいた。

まずは一献、といって内藤が徳利を差し出す。

「これは恐れ入ります」

手前に伏せられていた盃を取ると、とくとくという音が起こって澄んだ酒が注がれる。勧められるまま含むと、苦みの利いた味わいが口のなかいっぱいに広がった。

「江戸の酒ですか」

聞くともなく問うと、

「いや、なるべく国もとの酒をというご家老のお考えでして。これは〈海山《かいざん》〉と申します」

にこりと笑みを返してくる。「とはいえ、おなじ酒でも国もとで呑むのとは違いましょう。やはり造ったところで味わうのがいちばんかと」

「さようなものでござろうか。それがしは〈天之河《あまのがわ》〉という銘柄が好みで」

ああ、あれは旨うござるな、と相手が快活に応えたところで、

「よろしゅうございましょうか」

障子戸の向こうから女の声が呼びかけてきた。おう、と内藤が返すと戸が開き、二十歳まえかと思える娘がひとり、座敷に入ってくる。今朝がた会った相手だということは、何となく分かった。

額が広いせいか聡明そうに見える面ざしで、瞳がきらきらと輝いている。国もとから来た士と聞いて、興味を覚えているのかもしれない。

「妹の、ちやと申します」

内藤が告げると、娘は膝をついてこうべを垂れ、

「今朝ほどは失礼いたしました。遠いところを、まことにご足労さまでございます」

といった。顔をあげると、やはりつよい光の宿った瞳が目をひく。兄に促されるまでもなく、さっそく徳利を手に持ち、差し出してきた。

「これは恐れ入ります」

さいぜんと同じことを口にしたが、こんどはことば通り、恐る恐るという体で盃を出す。ちやが慣れた手つきで〈海山〉をそそいだ。仙十郎が口もとへ持っていくと同時に、

「国もとでは」

どこか弾んだ声で娘がいう。好奇心を抑えかねているというふうに見えた。「ひとの丈《たけ》ほども雪が積もると聞きました。まことでしょうか」

「いきなり聞くことか」

渋面をつくる内藤を、いやまあと取り成し、仙十郎は小首をかしげながらいった。

「山間《やまあい》のほうでは、そうらしいですな。ご城下では、いちばん降った折で腰くらいでしょう。それでもじゅうぶん難儀いたしますが」

「まあ、話のとおりなのですね。江戸暮らしでは、思い描くのもむずかしゅうございます」

ちやが感嘆めいた声をあげる。仙十郎はもっともらしく首肯《しゅこう》してみせた。

「おなじ家中とはいえ、得手勝手に行き来もできませぬからな」

他愛もない話柄ではあるが、国もとに興味を抱かれてわるい気はしない。相手が若い娘なら、なおさらだった。

内藤も関心はあるのだろう、妹の不躾《ぶしつけ》を留めたのは最初だけで、あとはみずから話にくわわり、神山のようすをあれこれと尋ねてくる。ちやもいるゆえあまり明け透けには話せぬが、城下随一の歓楽街である柳町《やなぎまち》には、とくべつ興を覚えたようだった。もっとも、江戸には及ばぬだろうから、じっさい来ることがあれば落胆するかもしれない。

やがて話が国もとの政《まつりごと》におよぶと、内藤が身を乗り出していった。

「そも、筆頭家老の尾木さまとは、どのようなお方でしょうか」

「ああ、ここだけの話でござるが」

それなりに酒もすすんで気が大きくなっている。仙十郎は、さらに盃を干しながら応えた。

「あくび大尽《だいじん》などと申すものも」

吹き出しそうになるのをこらえたのだろう、ちやが口もとに手を当てた。

尾木家は代々家老の末席をしめる家柄だが、当主はとくに目立った功も失態もないという人物がつづいた。それゆえ、たびたびの政変で失脚することなくここまで来たともいえる。

当代の内匠もその例に洩れない。先代が晩年になってようやく得た妾腹の子で、幼いころは躯《からだ》が弱かったという。そのせいか執政会議の席上ではいつも眠そうで、あくびばかりしていると芳《かんば》しからぬ評判があった。それでいて、これも代々金だけは貯めこんでいるから、誰いうとなくあくび大尽という渾名《あだな》がついたのである。

「ひるがえって佐倉さまは遣り手と見えますな」

いくらか声を落として語を継ぐ。むろん、当の佐倉に伝わっても差し支えない言い方を選んでいた。酔っていても、それくらいの分別は残っている。

「いかにもですが」

盃を膳に置いた内藤が、沈痛というべき面もちを浮かべた。「それゆえ側用人どのと反りが合わぬのでしょう」

ことばにつられて、南川惣右衛門の風姿が眼裏《まなうら》をよぎる。切れ長の目に引き締まった体軀の持ち主で、いかにも切れ者というたたずまいだった。

佐倉に気を許すなということばを思いだすまでもなく、内藤の言が、するりと腑に落ちる。いまは江戸と国もとに離れているからまだしもだが、おなじ藩邸内にいては家中の者も気をゆるめられる折がないに違いない。

話の接《つ》ぎ穂《ほ》をうしなった体で、ふたりとも黙り込んでしまう。いつのまにか空になっていた盃に、ちやが酒を注ぎ足してくれたが、口もとへ運ぶ気にはならなかった。

四

不忍池《しのばずのいけ》のまわりは、連日あまたの人出で賑わっている。武家も町人も、どこか浮き立つ風情でそぞろ歩いていた。名高い蓮の季節は終わったようだが、それでこの人出なら、盛りのころは想像もつかない。

連日、というのは、仙十郎がほぼ毎日のように池のまわりをうろついているからである。内藤は同行していないが、本郷や上野《うえの》界隈にはすっかり慣れて、ひとり歩きでも痛痒《つうよう》がないほどになっていた。不忍池や神田明神《かんだみょうじん》くらいなら、供のいない方が気楽とさえいえる。

あれから数日が経ったものの、佐倉からは呼び出しのかかる気配もない。内藤は暇を見て市中見物に連れ出してくれるが、あちらも務めがあるゆえ、二六時中というわけにもいかぬ。路銀も潤沢ではないから遊びまわることもできなかったし、いずれにせよ成り行きが気にかかって、それどころではなかった。

池の水面が午後の日差しを跳ね返し、白銀色にかがやいている。仙十郎はしばし歩を止め、あふれるほどの光を木の間越しに浴びた。ひとときだけ何もかも忘れ、総身があたたかいものに満たされている。

「あっ」

背後から聞き覚えのある声が響く。振り向くと、内藤庄五郎の妹ちやが、もともと大きな瞳

を見開くようにしてこちらを見つめていた。所在なげに池のまわりをめぐっていた身としては、どうにもばつがわるくなり、

「お出かけでござるか」

なにか聞かれる前に、さして意味のない問いかけをしてしまう。

「はい、お茶の稽古の帰りで」

言いさして、ちやが背後を振りかえる。いつぞやの女中とおぼしき太り肉《じし》の中年女が、すこし離れた松の木陰にたたずんでいた。そちらへ目を向けると、いくぶん不機嫌そうに腰を折ってくる。仙十郎が何者かはちやが伝えたのだろうが、お嬢さまが得体のしれぬ侍と語らっているのだから、気が気でないのだと察しがついた。

「どうも見覚えのある方がおられると思いまして」

ちやは意に介したようすもなく話しかけてくる。思いのほか距離が近く、椿に似た髪油の匂いがかすかに漂っていた。「まだ江戸にいらしたのですね」

「いかにもさようで。面目ござらぬ」

つい本音がこぼれ出る。しまったと思ったが、語を継ぐより先に、ちやが訝しげに首をひねった。

「面目……なぜでございますか」

「いや、なにやら毎日ぶらぶらしておるようで」

ようでとはいったものの、実際ぶらぶらしているのだった。ことばを重ねるほど、みずから

の寄る辺なさが際立ってくるように思える。舌打ちしたくなるのをかろうじて堪えていると、

「ご家老さまの命でお待ちになっていると、兄からうかがいました」

ちやが瞳に明るい色をたたえていった。「でしたら、それもまたお務めではございませぬか」

とっさに胸を突かれた思いで口籠もっていると、

「お嬢さま――」

くだんの女中が、遠慮まじりながらもはっきりした声音で呼びかけてくる。その声におどろき、こちらを振り向く者もいくたりかあった。仙十郎が黙り込んでいるうち、

「出過ぎたことを申しました……供の者が待ちかねているようですので、これで失礼いたします」

ちやがこうべを下げる。なにか応えを返そうと思ったものの、そのまえに身をひるがえした娘の後ろ姿が女中のほうへ近づいていった。

五

夜目にも朱の映える柳町の楼門と違い、吉原《よしわら》の大門が黒塗りなのはすこし意外だった。なんの変哲もない板葺《いたぶ》きの冠木《かぶき》門にしか見えず、肩透かしを食らった心地も免れない。花街といえば国もとの柳町しか知らぬ身としては、初手から戸惑うばかりだった。

門をくぐると、目の前に幅広い通りが伸びている。そのまま町の奥までつながっていると思

われるが、行方は薄闇にまぎれ、どこまでつづいているのかはっきりとは分からなかった。

「この通りは仲之町《なかのちょう》と申します」

かたわらに立つ内藤がいった。「吉原の大通りというところでしょうか」

言いさして、どこか困ったような笑みを見せる。

「わたしも、それほどくわしいわけではないのですが」

いちど招かれた相手の住まいが頭の隅に浮かぶ。あの暮らしぶりではそうだろうな、と思った。

内藤に誘われて吉原を訪れたのである。しかとはいわぬものの、佐倉家老の指図だろう。でなければ、さほど裕福とはいえぬ若侍が口にすることとも思えなかった。

「町ぜんたいが堀に囲まれておりまして、出入口はここだけです」

若侍の説明を耳にして柳町の景を思い起こす。やはり堀が通ってはいて、名まえの由来となった柳並木がそこに沿って植わっていた。もっとも町の外ではなく、中を貫くように流れている。ひとくちに花街といっても、いちようではないらしかった。

「堀ですか」

何げなくつぶやくと、内藤がわずかに口籠もりながら応える。

「ええ、幅五間《けん》くらいもあって、お歯黒どぶなどと呼ばれておるのですが……妓《おんな》たちに逃げられぬためでしょう」

ああ、と意味のないつぶやきを返して歩をすすめる。不忍池で出くわしたちやのことを思いだした。当たり前の話だが、花街のみならず、女にもさまざまな境涯があるということだろう。

「まずはこちらへ」

内藤がしめしたのは、仲之町に面した二階建ての店構えで、あかあかと点される灯が通りに向いた障子を内側から明るませていた。三味の音《ね》や謡《うたい》の声にまじり、嬌声めいたものがただよってくる。

「引手《ひきて》茶屋と申しまして、ここで酒など飲んでいるうち、妓が迎えに来るという寸法で。卒爾《そつじ》ながら、相手はこちらで選ばせていただきました」

「はあ」

凝った仕組みだな、と思った。ようは、さまざまなやり方で金を遣わせようということらしい。ひと晩で動く金も、国もととははなはだしく異なるのだろう。

「柳町では違いますか」

仙十郎の不思議がるようすが目に留まったらしく、内藤が引手茶屋に足を踏み入れつつ問うた。

「さような仕組みがあるのやもしれませぬが、それがしの知るかぎりでは、とんと」

いらっしゃいまし、と店の者がかける声にまぎれながら応える。あらかじめ話は通してあると見え、内藤が名のるとすんなり二階にあげられた。

通された座敷には、すでに宴の用意がととのえられている。待ち構えていた女中や幇間《たいこもち》、三味線をたずさえた女などがいっせいに歓迎の挨拶を口にした。さっそく酌をしてもらううち幇間が三味の女を紹介する。女が一礼して弦を鳴らすと、張りのある音色があたりに満ちた。

——にぎやかなものだ。

華やぎに呑まれ、吐息がこぼれそうになる。仙十郎の父はまだ達者で、家の財布をしっかり握っているから、ここまで派手な遊びをしたことはない。楽しくないといえば嘘になった。

「お国もとはどちらですか」

酌をしながら二十半ばとおぼしき女が話しかけてくる。この茶屋の女中らしく、すっきりと痩せていて、それなり以上の見目《みめ》といってよかった。遊女になっても贔屓《ひいき》ができそうだが、それは余計なお世話というものだろう。

「神山というところだ。存じておるか」

と応えてみたものの、相手は愛想笑いを浮かべて首をかしげるだけだった。こちらも苦笑まじりに盃を干す。十万石といえばそれなりの石高だが、江戸の者からすれば、聞いたこともない田舎のひとつに過ぎないらしい。

つづいて芸者が三人あらわれ、舞を披露してくれる。いくら江戸家老のはからいにせよ、近習組ていどの宴席に呼ばれるのだから手練れ中の手練れであるはずもないが、じゅうぶん隙なくあでやかなものだった。いちいち感心するのも業腹ながら、江戸は違うと思うほかない。

それなりに宴が闌《た》けたところで、茶屋のものが声をかけてくる。妓が迎えに来たようだった。

内藤にうながされて階下に降りると、玄関先から通りへ迫り出した揚げ座敷に禿《かむろ》を連れた細身の女が腰かけている。年はじぶんとおなじくらいか、青みをおびた紫の頭巾をまとっており、遊里の女とは思えぬほど崩れた気配がなかった。

「お楽しみになれましたか」

話しかける口ぶりにも品のごときものが漂っている。ゆえもなく、もっとべったりした風情の女を想像していたから、虚を衝かれた心地だった。うむ、おかげさまで、と妙にうわずった声を返すと、禿がくすりと笑う。女はわずかに唇もとをゆるめただけだった。

「きれいな色だな」

通りに出て歩きながら、女の頭巾を見やって告げた。それまで淡々としたようすを崩さなかった相手の頬が、にわかにほころぶ。

「ええ、江戸紫というのです。すっかり気に入ったもので、ついこうして纏ってしまいます」

さほど寒くもないのに頭巾を着ているのはそのためか、と思った。

「似合っている」

お世辞でなくいうと、女の笑みが大きくなった。このひとでよかった、と思った途端、なぜかふいに、ちやの面ざしが眼裏に浮かんだ。

白っぽくかがやいて見えるのは、不忍池の面から跳ねかえる光を浴びているためだろう。聡明そうなところは、どこかこの女に似ていなくもなかった。

「どうかなさいましたか」

女が案じげな眼差しを向けてきたのは、いつのまにかこちらの歩みが遅れがちになっているからだった。ちやの顔がちらつくのを払うように、かぶりを振る。

「いや、ありんすなどとはいわぬのかなと思うて」

とっさに口を突いたのは、必ずしも丸きり出まかせではない。片田舎にも吉原の話くらいは伝わってくる。妓たちが独特な物言いをするというのは法螺《ほら》だったのかと思った。

「まあ」

女がくすぐったげな笑みを返してくる。「もちろん遊里《さと》ことばも使えますが、なんだか恥ずかしくて」

「そうか」

どこか安堵したような笑声を洩らす。それでいて、歩みは遅くなる一方だった。仲之町を行き交う人通りが、つめたい月光に照らされて浮かび上がっている。その数は刻を追って増してゆくようだった。

「もう、すぐそこです」

ほそい指先でしめされたのは、仲之町を右手に折れる通りだった。そこを入ったところに女の妓楼があるのだろう。

われしらず顎を上げ、溟《くら》く沈んだ空を見上げる。雲の多い夜だったが、風があるらしく満ちた月が時おり顔を出し、さえざえとした光を放っていた。

「……すまぬが、今宵は帰ろうと思う」

仙十郎はひとりごつようにいった。女と禿が、えっ、とおどろきに満ちた声をあげる。

「そなたがいやだとか、そういうことではない。どうやるのか分からぬが、金も払う」

取り成すようにいうと、

「いえ」

女がとつぜん童のごとき笑みを浮かべた。「稀にそうしたお客さまもいらっしゃいます」

「そうか」

ほっとした心地でつぶやくと、

「ほんとうに稀ですけれど」

ことさらいたずらっぽい声が返ってくる。「でも残念でございます……これは本心ですが」

女との遣り取りにまったく違和感がないことに、そのとき気づいた。ことばの調子が町場のものとは、まるでことなっている。

武家の出なのかと思ったが、問うことはしなかった。好んでここにいる者はいないだろう。田舎者とはいえ、あえて聞かぬというくらいの心ばえはあった。が、それでいて、

「――名を聞いてもいいか」

考えることもなく口にしている。おそらくもう会う折もない相手だろうが、なぜかそれだけは知りたかった。わずかに考えるような間を置いたあと、女が唇をひらく。

「光弥《みつや》と申します」

「みつや……」

ぼんやり繰り返すと、

「いよいよ光る、と書きます」

いって、さりげなく付け加えた。「光《みつ》がまことの名で」

禿があわてた風情で女の袖を引く。吉原に限るまいが、ふつう、遊び女はまことの名など明かさぬものに違いない。

——おれは、どうしたものかな。

とっさに思案して、

「進十郎と申す」

とだけ応える。光と名のった女が、その名を受けとめるようにうなずいてみせた。

「すこやかでな」

言い置いて、踵をかえした。すこし歩いてから振り向くと、こちらに背を見せた女がまだ通りにたたずんでいる。禿は先に帰したのか、こうべをあげ、ひとりで月を見上げていた。

六

江戸家老の佐倉からようやく呼び出しがあったのは、それから三日ほどした昼下がりのことである。あの夜いらい会っていなかった内藤が、侍長屋まであらわれたのだった。

「その節は、なんともご無礼を……」

玄関先に手を突き、平身低頭という体で詫びると、

「いや」

相手が小首をかしげながらいった。「お気が進まぬのなら無理強いするようなことでもござらぬが、こちらも少々ご説明が足りておらなんだやもと」

「え」

こんどは、こちらが首をひねる番だった。内藤がすまなそうに語を継ぐ。

「初手から肌を合わせたりせぬのが吉原流で。まことはあのあと、妓楼でまた宴となったはずです」

三度目くらいでようやく、ということのようで、と面映《おもはゆ》げに告げる。

――あの女にも、わるいことをしたかな。

この色がすっかり気に入って、とはにかむ面ざしは、やはりどこか、ちやに似ていた気がする。つかのま啞然となったものの、あそこで別れてよかったのだ、という気もちはふしぎなほど変わらなかった。

いずれにせよ、ゆるりと構えている間はない。内藤に付き添われ、いそぎ執務部屋へ出向くと、

「ずいぶん待たせてしもうたが」

家老が身を乗り出すようにしていった。「国もとへの土産がととのうた」

「土産……」

そのために待たせたのかと思い、戸惑いまじりに繰り返すと、佐倉が意味ありげな眼差しを背後の文机に向けた。手を伸ばし、机上の手文庫から一通の奉書紙を取り出す。恐る恐る受け取った仙十郎に、

「開けてみよ」

相手が重く太い声でいった。

否みがたい響きに、言われるがまま奉書紙をひらく。なかに収められた紙片を目にした途端、仙十郎の喉から呻きにも似たものがこぼれた。

紙片の下部に赤黒くにじんだ印がいくつも連なっている。折りたたまれているゆえ文面は分からぬものの、その印が血判であることはすぐに察しがついた。

太平の世であるから、本物の血判状など、そうそう目にするものではない。息を詰めているうち、家老が満足げな視線をこちらへ向けていることに気づいた。

「これは」

いって無骨な指を伸ばし、仙十郎の手から血判状を摘まみ取る。そのまま開き、掲げるようにして見せつけた。

手を左右いっぱいに伸ばした佐倉の胸もとで、五尺ほどの書状が広げられている。はじめの方に趣意らしきものが綴られ、そのあとに数十名の名と血判がつづいていた。

「側用人、南川惣右衛門への糾弾状じゃ。わしを筆頭に、江戸屋敷で主だったもの五十名の同

意を得ておる」

なぜ幾日も待たせるのかと思っていたが、五十名もの有力者を説き伏せて血判を捺《お》させたのなら、むしろ迅速というほかない。かたわらへ目を向けると、内藤がいたたまれぬふうに眼差しを逸らした。この男も血判を捺したか捺させられたかしたのだろう。

「殿の寵をよいことに、専横のかぎりを尽くす側用人、これを機に隠居してもらう」

押し黙ったままの仙十郎を見やると、相手は口の端をゆがめてつづけた。

「この書状、国もとへ持ち帰ってもらいたい。が」

佐倉がことばを止めたのを合図に、内藤が腰のものへ手を伸ばす。その面にひどく苦しげな色が塗られていた。気づいているのかどうか、家老が膝をすすめていう。

「そのあいだに、ひとつ調べて分かったことがある」

目を剝いて、するどい光を放つ。仙十郎は背すじが強張りそうになるのを、かろうじてこらえた。

「国もとの近習組に田丸仙十郎などという者はおらぬ——いや、おるにはおるが、もう五十を過ぎていると聞く」

佐倉が告げると同時に、次の間でだれかの身構える気配が起こった。成り行き次第で、いつでも抜刀できるよう控えている者たちがいるらしい。

「ああ」

仙十郎は苦笑まじりの吐息をこぼした。「ばれましたか……さすが佐倉外記さま。油断がございませんな」

「世辞はいい」

広げた書状を畳みながら江戸家老がつぶやく。「おまえはだれだ」

応える代わりにすばやく手を伸ばし、佐倉から血判状を取り上げる。あっと叫んで相手が腰を起こすまえに立ち上がり、おのれの懐から似たような書状を取り出した。次の間から雪崩れ込んできた数人の侍を見据え、

「暫《しばら》く」

腹の底から声を放つ。懐から出した書状を片方の手で器用に開き、音を立てて広げた。それを目にした佐倉と内藤が、抑えきれぬ驚きの声を洩らす。

仙十郎が広げた書状には、佐倉のものと同じように何十もの血判が捺されていた。さいぜんの写しかと見紛いそうになるが、むろんそうではない。

「これは……」

呆然となった佐倉が問いかけるような眼差しを向けてくる。仙十郎はあえて微笑をたたえると、ひといきにいった。

「佐倉さまへの糾弾状でござる。筆頭は南川惣右衛門どの」

こんどは片手で畳みながらつづける。「して、それがしは筆頭家老・尾木内匠の嫡男にて、進十郎と申します」

「…………」

ことばをうしなった佐倉を侍たちが不安げに見守っている。われに返った内藤が促すと、どこか安堵した体で構えを解き、いっせいに下がっていった。

南川のたくらみを察した父・内匠が、命じられた田丸仙十郎に言い含め、使者を入れ替えたのである。佐倉に気を許すな云々の言は、そのおり田丸が教えてくれた。今ごろは尾木邸の一室で身をひそめ、知らせを待っているはずである。

「そのまま届けては、お家を二分する騒擾《そうじょう》となる」

〈あくび大尽〉の名に似ぬ名差配ともいえたが、

「この先はそなたがどうにかせよ」

その場しのぎを倅《せがれ》に押しつけるところは、やはり評判どおりなのかもしれなかった。

「恐れながら殿のご不予を機におなじことを考えるとは、つくづく似た者どうし……でございましょうか」

進十郎が呆れたようにひとりごつと、

「似てなどおらぬわ」

佐倉が忌々しげに吐き捨てる。が、にわかにためらいがちな口調となってつづけた。「それで、いかがするつもりじゃ」

「……さようですな」

つかのま思案する体で左右の掌にある書状を見比べる。さほどの間も置かず二枚を重ねると、

「えっ」

佐倉と内藤が悲鳴じみた声をあげるのにかまわず、幾重にも破り捨てた。そのまま障子戸を開けて縁側に出ると、何かへ捧げるようにして両の掌をひらく。秋の微風に嬲《なぶ》られ浮き上がった紙片が庭の隅々へ散り、すぐに見えなくなった。

七

「ご家老さまとは存じませず……」

こちらの顔を見るなり、あっという声を呑みこんで、ちやが上り口に両手を突く。

「いや、家老の子です」

あわてて告げると、そうでした、といって娘が面映げな表情となった。進十郎は、内藤屋敷の三和土に突っ立ったままつづける。

「こちらこそ、黙っていて申し訳ありませんでした」

「でも、いうわけにもいかなかったでしょう」

ちやが取り成すようにいったので心もちがほぐれ、

「まあ、それはそうですね」

と応えて上《あ》がり框《がまち》に腰を下ろした。

あれから数日が過ぎている。ふたつの血判状を破り捨てた話は早馬で国もとの父に知らせていた。どう差配するか見当もつかぬが、南川も切れ者だから、これ以上騒ぎが大きくなるとご公儀の目に留まるくらいは分かるだろう。

あくび大尽の名は伊達でなく、子のじぶんから見ても尾木内匠が有能な執政とは思えぬが、ものごとをうやむやにすることだけは得意なひとだった。敵がいないのも取り柄だから、どうにかしてくれるに違いない。これ以上、江戸に留まる理由はなくなったといえる。

内藤庄五郎には、さきほど藩邸内で別れの挨拶をすませてきた。むっつり押し黙ったままの佐倉外記が見守るなか、

「こたびはさんざんお世話になり申した。その、これを妹御に」

進十郎が差し出したものを目にして、驚きの色が相手の面に広がる。しばし考えるような間が空いてから、内藤が口をひらいた。

「これ以上、手数をかけられてはかないませぬな」

「……まこと、ことばもござらぬ」

首をすくめていうと、相手がおもむろに唇もとをほころばせた。

「ご自分で渡してきてくだされ」

「これを」

差し出した小さな包みを受け取ると、ちやはじぶんの掌に載せたものと進十郎の顔をかわるがわる見つめ、ふしぎそうに首をかしげた。

「開けてみてください」

うながされるまま包みをひらくと、

「きれい」

短いながら、思いの籠もった声が上がる。どうやら気に入ってくれたらしい、と進十郎は安堵の息を呑みこんだ。

ちやの手に、小ぶりな帯どめがひとつ載っている。青みがかった紫色が屋内へ差しこむ陽光に照らされ、つつましげにきらめいていた。

「江戸紫……というそうですね。江戸の方に差し上げるのもおかしいですが、きれいな色だと思って」

世話になったお礼です、といって、あらためて頭を下げる。

「待つのもお務め、と言っていただいて救われました。まことはあのとき、佐倉さまの思惑が分からず、じりじりしておりましたもので」

「そんな……つまらないことを申し上げただけですのに、いただきものまで」

今いちど帯どめを見つめ、ちやが楽しげな笑みを洩らす。

「でも、うれしいからお返ししなくてもよろしいですか」

「もちろんです」

こちらも、おもわず笑声がこぼれそうになった。が、数えるほどの間もなく、唇もとを引き締める。

「もう刻がない、これにて」

あ、という声を背に聞きながら身をひるがえした。そのまま戸口に向かって三歩ばかりすすんだが、まるで自分のものでないかのごとく、ひとりでに足が止まる。

振り向くと、膝をついたまま伸びあがったちやの広い額が、おどろくほど近くに見えた。進十郎は唾を呑みこみながら、唇をひらく。

「――あれもこれも飛ばしていうので、おかしなやつと思われそうですが」高まる鼓動に急かされる体で告げた。「国もとへ来る気はありませんか……つまり、遊山とかそういう意味ではなくて」

華の面《おもて》

一

足はこびが狂った、とじぶんで気づくよりはやく、

「いま一度」

師匠の声が飛んだ。叱責の気配はふくまれていないが、懇切に諭すというふうでもない。いつものとおり、必要な指図だけ伝える調子だった。佐太郎《さたろう》は、はいと応《こた》えて元のところまで戻り、扇子を構えなおす。

開け放った障子戸から、濃い緑の香が流れ込んでくる。ここ数日、急に暖かくなったため庭の池が濁ってきたらしく、わずかに澱《よど》んだ匂いが混じっていた。

できれば所作をじっくり反芻してから始めたかったが、そう口にしたところで、もうできているはずだと言われることが分かっている。頭のなかでこれから取る動きをすばやく思い描くと、腰を落として右の爪先を摺《す》り足《あし》で踏み出した。

ゆっくり軀《からだ》をひねり、手をまえに突き出す。足の方にばかり気を取られ扇子が下がってしまうしくじりは、幾度も経験したことだった。さいわい今はそこに陥らず、手はまっすぐに伸び

ている。扇子のおもてに描かれた藤の紫色が、視界の隅であざやかに躍った。目を吸い寄せられそうになったが、それをしては、いま一度、が飛んでくる。そうでなくとも、先ほどしくじった箇所が近づいていた。

眼差しは落とさぬまま、半円を描くように足先を動かす。よし、今度はできたと思ったところで、

「いま一度」

抑揚のない声があがった。佐太郎は、こぼれそうになった吐息を呑み込む。師匠のほうへ目をやると、いつものごとく、心もちをうかがわせぬ微笑を唇《くち》もとにたたえている。言うても無駄だと分かっていたが、口が勝手に動いてことばを発していた。

「いまはできたと存じますが」

声にしてから、あわてて付け加える。「もちろん、何度でもいたしますけれども」

半白の髪を陽に焙《あぶ》らせた師匠が、笑みを大きくする。腹立たしいほど清々《すがすが》しい面もちだった。

「その、できた、という心もちが動きに出ておった」

よもや否《いな》みはすまい、と嵩《かさ》にかかるでもなくつぶやく。言われてみれば、さもあろうと思えたから、

「恐れ入りました」

こうべを下げて、また元のところに戻った。いつから啼《な》いていたのか、甲高い頬白《ほおじろ》の囀《さえず》りが

耳に飛び込んでくる。そちらに耳を奪われたおかげで、わずかながら軀の強張りが薄らいでいた。

佐太郎はもともと神山《かみやま》藩でお抱えの笛方《ふえかた》をつとめる者の次男だったが、師匠に見出されて能のシテ方《かた》、つまり主役となるべく修行をつけてもらっている。じぶんもふくめ、だれも口にはせぬが、いずれ子のない師匠の養子となるのではないかと見られていた。

何を見込んでもらえたのか分からぬものの、五歳のころから稽古をしているゆえ、すでに十年が経ったことになる。跡取りの兄がいる以上、笛方となれるかどうかおぼつかなかったし、もともと人いちばいシテに惹かれるものを覚えてもいたから、巡り合わせがよかったというほかない。

稽古場は城内の庭園に築かれた平屋で、敷地は百五十坪とさほどでもないが、奥行きがあってじっさい以上に広く感じられた。先代の殿さまは、散策の途中、ふらりと立ち寄られることもあったという。当代はまだ若く、能にどれほどの興味をお持ちか分からなかった。何でも、佐太郎とは同い齢《どし》らしい。

近々はじめてのお国入りをされることになっているが、すでに江戸は発たれた頃合いだった。どのような方か気にならぬではないものの、所詮住む世界のことなる相手である。引き続きお扶持《ふち》をいただけるのなら、それ以上、望むべくもなかった。

「いまのはよかった」

師匠の声が耳朶《じだ》をかすめ、通りすぎてゆく。気がつくと、ひとりでに軀が動いて一連の所作をしおおせていた。さいぜん引っかかったところも無事こなせたらしい。佐太郎は知らぬ間に上気していた頰を掌《てのひら》でこすり、ありがとう存じます、と応える。頰白の声は、止むことなくつづいていた。

二

藩主・山城守正寧《やましろのかみまさやす》が神山の土を踏んだのは、それから十日ほどのちのことである。初のお国入りとて、家老をはじめとする重職たちは国ざかいへ出迎えにおもむいたと聞くものの、能役者にそこまで求められてはいない。気楽でよいともいえるが、さほど重く見られていないという証しでもあった。

が、殿さまが城に入られたことは気配で分かる。ほどなく夕暮れというころ、いつものごとく師匠に稽古をつけてもらっていると、大手口の方角から地を鳴らすような足音が起こり、入り乱れて近づいてきた。

心もちがざわめき、落ち着かなくなるのが、じぶんでも分かる。身分が違うと承知していたはずでも、同い年の藩主がすぐそこまで来ているということが気にかかってしかたなかった。十五歳で一国のあるじとはどのような方なのか、湧き立つ興味を抑えかねている。

佐太郎の内心など師匠にはお見通しに違いないが、ふしぎなことに今日はなにも言ってこなかった。よく見ると、口辺にうすい笑みさえ刻まれている。問いかけるように見つめると、

「行ってみたいのか」

しずかな声音が返ってきた。

とっさに応えが浮かばず、口をつぐんでしまう。行きたいかと問われれば肯《うべな》うほかないが、気軽に許されるものとは思えなかった。

稽古場は庭園の奥まったところに建っているから、行列がそばを通ったりはしない。見たければ、大手から本丸へ通じる道を覗きに行くしかないものの、だれかの目に留まり咎《とが》められては一大事だった。侍とはいえ、そう滅多にひとを斬るわけにはいかぬが、主君への不敬とされるような事柄なら別である。

師匠はそのまましばらく佐太郎を見やっていたが、ふいに腰を起こすと縁側に出た。花蘇芳《はなずおう》の梢《こずえ》を見上げ、ひとりごとめかしてつぶやく。

「ひと休みとしよう」

え、と聞き直すまえに、踵《きびす》をかえして立ち去ってゆく。呼び止める間もなかった。頬が熱くなり、耳の奥で鼓動が大きさを増す。今日も響いているはずの囀りが、どうしても聞こえてこなかった。

気がつくと、おのれも縁側に出ていた。夕映えに真っ向から射られ、目が眩む。立ち止まる間も惜しむように、師匠と反対の方へすすんだ。

ひとのいない玄関先には、この時季とも思えぬほどひえびえとした空気がただよっている。佐太郎は履き物を突っかけると、何かに衝き動かされるような勢いで稽古場を後にした。

建物を出ると、息ができぬほどつよい緑の匂いが風に乗って流れてくる。噎《む》せ返りそうになるのを怺《こら》え、ほとんど小走りになって足をはやめた。

考える間もなく、登城路を見下ろす石垣の上に辿り着いている。隠れて行列を見るとしたら、ここ以外思いつかなかった。

目隠しのごとく植え込まれた松の樹間を透かし、眼下へ目を向ける。ちょうど楓《かえで》馬場《ばば》と呼ばれる一郭で、盛りのころは天を覆うばかりに紅葉が広がるあたりだった。むろん、いまは緑が芽吹く季節だから、その名残りすらうかがえない。

数年まえ、この楓馬場で刃傷沙汰が起こり、それを嚆矢《こうし》とした政変で当時の筆頭家老が失脚、殿さまも退隠に追い込まれた。こたびお国入りする正寧は、あらたに政《まつりごと》の大権をにぎった側により、もともとご本家の三男だったものが、分家である神山藩のあるじとして迎えられたのである。日の本有数の大藩である本家の出ゆえ重臣たちもおろそかにはすまいが、ご本人の居心地がよいかは別の話だろう。

空の奥で風が鳴き声をあげている。ほぼ雲もなく晴れ渡っているにもかかわらず、どこかしら荒れた気配をふくんだ天候だった。頭上では、松の葉叢《はむら》がざわめくような響きを立てている。佐太郎は、おぼえず首をすくめた。

あらためて背すじを伸ばしたときには、地を踏む足音がすぐ近くで聞こえている。ほどもなく、行列の前に立つ先払《さきばらい》たちが視界に飛び込んできた。街道などで独特な掛け声をあげて御家の威を誇示する役目だが、城内奥深くへ入った今は、殊勝な体《てい》でしずしずと歩をすすめている。

つづいて若党《わかとう》や足軽《あしがる》が姿をあらわし、陣笠をかぶった騎乗の武士も見受けられた。佐太郎は息を詰めたまま、いつ絶えるとも分からぬ列を見渡す。得体のしれぬ昂揚が胸の奥に湧き出してくるのを覚えた。

次の瞬間、ひときわ鼓動が高まったのを感じる。前後を厳重に固められた駕籠《かご》が目に留まったのだった。周囲をまもる侍のなかに、旅姿とは思えぬ出で立ちの者が幾人か混じっている。立場上、上《うえ》つ方《かた》の顔を目にする機会は意外に多いが、はっきり見定められる距離ではない。とはいえ、城から迎えに出た重臣たちだということは、たやすく想像がついた。

あの駕籠のなかに、あたらしい殿さまがいる、という思いが総身を駆けめぐる。同い年というだけで妙な話だが、兄以外に齢の近い者と接する機会がほとんどなかったせいかもしれない。

行列がふいに歩みをゆるめ、駕籠が地に下ろされる。見つめるうち、かたわらにいたまだ若い武士が履き物を差し出し、戸を開けた。

小柄な軀が駕籠から出て地に降り立ち、かるく伸びをする。先ほど履き物をそろえた武士が何か申し上げたらしく、うなずいて本丸のほうを見上げた。つられて、佐太郎もそちらへ目をやる。

五層の天守を夕映えが取り巻き、漆喰《しっくい》が茜色に染め上げられていた。黒くかがやく瓦が光の粒を跳ね返し、木々のあいだを擦り抜けて佐太郎の瞳を射る。まばゆさに目をあけていられなかったが、もっと見ていたいと思った。

眼差しを下ろすと、殿さまがこうべをめぐらしてあたりを見回している。これからじぶんが暮らす城の隅々まで胸におさめたいと駕籠を止めさせたのだろう。その心もちは分かる気がした。

が、

——まずい。


と思った途端、殿さまの面《おもて》がこちらを向いて止まる。顔立ちや表情までたしかめられる距離ではないが、佐太郎にはそう感じられた。よりによって、藩主本人に見とがめられれば、逃げ場のあろうはずがない。

立ちすくむうち、殿さまが止めていた首を動かし、ちがう方向を見やった。腰から力が抜け、佐太郎はその場に座りこむ。じぶんに目を留められたと感じたのは、間違いだったのかもしれない。くだんの若い武士もふくめ、だれも不審をいだいたようすはなかった。

あらためて目を向けると、殿さまの姿が見当たらなくなっている。すでに駕籠へ入られたのだろう。腰をついたまま見つめるうち掛け声が起こり、駕籠が持ち上げられる。ふたたび行列が進みはじめ、じき視界から消えた。さいぜんまでのことが幻でもあったかのように、人気《ひとけ》の失せた楓馬場だけが眼下に広がっている。

ようやく深い吐息をつき、立ち上がろうとかたわらの幹に手を伸ばした。なにかの気配を感じて振り向くと、燃えさかる逆光を浴びてたたずむ人影がある。目を凝らすまでもなく、見慣れた師匠の姿だと分かった。夕日に照らされ、半白の髪がうつくしいまでの朱色となっている。

「いかがであった」

佐太郎が腰を起こすのと同時に、師匠が問うた。おだやかな声音は常とかわらぬが、どこかしらたしかめるふうな響きが含まれている。

「お姿を拝しました……ちょうど駕籠から出られて」

問《つか》えながらいうと、師匠が低い声で、ほうといった。今さらというほかないが、そのときになって、心の隅にかかっていたことがこぼれ出る。

「その、なぜお行列を見てもよいと」

ことばにはしなかったが、そういわれたも同然だということは感じている。師匠も否もうとはしなかった。まばゆい夕日を浴びたまま、面もちをあらためてゆったりと告げる。

「そなたには、殿さまのお相手をつとめてもらおうゆえ」

三

緑の香は滴るほどにつよさを増し、はやくも梅雨かと思えるような蒸し暑さを覚える日がつづいていた。稽古をしていても、汗ばんだ肌に襦袢《じゅばん》の貼りつくことが増えている。ことしの夏は暑くなりそうだと思った。

山城守正寧が能の稽古をはじめたのは、お国入りして半月ほど経った昼下がりである。暑さを避けてどこかで羽を休めているのか、鳥の啼き声も途絶えがちだった。

藩主を稽古場にお連れしたのは、三十をいくつか過ぎたとおぼしき武士だった。家老のひとりで、政に疎い佐太郎はよく知らなかったが、数年以内には筆頭の座につく人物と噂されている。正寧の擁立にも功があったと聞くから、神山藩は実質、この男が牛耳っているようだった。

確信はないが、先だって遠目に駕籠を拝したとき、履き物を差し出した人影と軀つきが似ているように思える。この男も、あたらしい殿さまを国ざかいまで出迎えに行ったのかもしれなかった。

武士は神山藩のお抱え流派や師匠の経歴をひと通り言上すると、うしろに控えていた佐太郎へ眼差しを向けた。唇もとに微笑をたたえて発する。

「その者は殿と同い年でございます。ともに学ばれませ」

ではまた後ほど、とことばを継いで腰を起こす。長身というわけでもないのに、立ち上がった姿がやけに大きく見えた。武士は縁側に出ると、あらためてこうべを下げ、立ち去ってゆく。

その足音が消えると、安堵めいた空気が座敷にただよう。男の物腰はむしろ柔らかとさええたが、若さに似ず覆うべくもない威風が流れ出していると感じられた。

心なしか、殿さまも強張っていた肩をゆるめたように見える。そのまま、おだやかな笑みを浮かべて佐太郎のほうに目を向けた。

「名は」

はじめて耳にする山城守正寧の声は、どこかしらか細いように聞こえた。声がわりはとうに終わっているから、甲高いというほどではないものの、野太さとは無縁と感じる。まだ少年の匂いを濃厚に残した響きだった。

「佐太郎と申します」

ひとひざ進み出てこたえる。藩主への直答《じきとう》などしたことはなかったが、じぶんでもそれと分かるくらい、声が落ち着いていた。殿さまの物言いがやさしげだったためだろう。

佐太郎、と口中で繰り返し、正寧がかるくこうべを下げる。「よろしゅう頼む」

「まこと恐れ多いことでございます」

師匠が両手の指をつき、応えを発する。それにならって低頭した佐太郎の耳に、よく透る声がつづけて聞こえた。「この者にとっても励みとなりましょう」

面をあげると、正寧が唇をほころばせて頷いている。その表情を拝するうち、この方のお顔はなにかに似ていると感じたものの、どうしても思い出せなかった。

四

「おみ足は、もそっと速く運ばれた方がよろしゅうございます」

師匠の声に耳をかたむけながら、今いちど言われた通りに正寧が動いてみせる。佐太郎は一歩下がったところで殿さまとおなじしぐさを繰りかえしていた。

なるほど、もう少し速く爪先を出せばよかったのかと腑に落ちる。正寧の動きを見ていて覚えた違和感の根が師匠のことばで明らかになり、胸のあたりにわだかまっていた霞が取り払われた心地だった。

梅雨もすでに明け、神山藩は夏の盛りを迎えている。殿さまの頰や首すじにもしととどといえるほどの汗が浮かんでいた。油蟬《あぶらぜみ》の声も絶え間なくつづいている。

正寧が稽古にあらわれるのは月のうち三たびと決まっているから、国入り後、ようやく数回といったところである。それでいて思ったより上達は早く、佐太郎としても気を抜いていられなかった。

殿さまのほうでも佐太郎を競争相手ととらえている節がある。心もちを剝き出しにするわけではないが、じぶんより上手くしおおせたときなど、かすかな焦りを眉間に滲ませていることがあった。

そうした折、佐太郎は得意げな気もちが湧き出しそうになるのを怺えるのが常である。殿さまはいわば旦那であり、間違ってもお気をそこねてはならない。それくらいのことは、言われなくとも分かっていた。

が、ともすると本気で競おうとしているおのれに気づく。同い年ということも大きいが、ともに舞っていると、片手間でなく稽古にはげもうとしている正寧の心ばえが伝わってくるのだった。

師匠もそれは察していると見え、時おり殿さまにずいぶん難しいことを求めていると感じる。今しがた口にした足はこびも、いわゆる大名芸なら見逃がす類に違いない。正寧の天稟《てんぴん》まで佐太郎に判じられるはずはないが、師匠が本気で指導しているくらいは聞くまでもなく分かっていた。この殿さまに、そうさせるものがあるのだろう。もっとも、よけいなお世話というほかないが、能役者でもない者が、ここまで打ち込んでよいのかと案じられなくもない。

「本日は、ここまでといたしましょう」

さびた声で師匠が告げる。疲れていないわけではないらしく、正寧もほっと息をついた。見はからったように次の間へ通じる襖がひらき、小姓が進み出る。湯呑みを三つ載せた盆を掲げていた。

殿さまはよほど喉が渇いていたようで、立ったまま手を伸ばそうとしたが、思い直したようすで腰を下ろし、膝先に置かれた湯呑みを取る。気もちいいくらい一息に飲み干し、ようやく肩から力を抜いた。佐太郎も跡を追うように湯呑みを手にする。やはり喉をやすめることなく飲み切った。

「庭へ出る」

ともに来い、といって正寧がこちらへ目をやる。応えるより先に殿さまが立ち上がり、縁側へ出た。沓脱石《くつぬぎいし》に置かれた草履《ぞうり》にためらいもなく足を通す。

うかがうような眼差しを師匠に向けると、よしというふうに顎を引いてみせる。佐太郎はいそいで腰を起こし、殿さまにつづいて庭へ出た。小姓はあからさまな戸惑いを顔に浮かべたものの、ふたりからすこし離れて付きしたがう。

日の盛りは過ぎたはずの時刻だが、いまだ目の眩むような陽光が降りそそいでいる。白く霞んだ庭の一角に、濃い橙色の花が咲き乱れていた。殿さまはそれに目を留めると、ひとりごつようにつぶやく。

「凌霄花《のうぜんかずら》だな」

「……ようご存じでいらっしゃいますな」

おそるおそる応える。花が嫌いではないが、とくべつくわしいわけでもない。いま殿さまが口にした名は、はじめて耳にするものだった。

「きれいな色でございますね」

感じたままを口にする。凌霄花と呼ばれた花は、つよいほどはっきりした色をたたえており、いかにも夏の盛りにふさわしいと思えた。

「そうだな」

佐太郎を見やると、正寧はすこし声を小さくしていった。「だが、毒があるともいわれている」

「毒が」

棒立ちになって繰り返すと、殿さまがなだめるような口調になってつづけた。

「そう聞いた覚えがある。いのちに関わるまでのことはないと思うが」

「ようご存じで」

われながら芸がないと思いながらも、先ほどと同じことを口にする。正寧がいくぶん面映《おもはゆ》げな表情になった。

「かようなことばかり詳しくとも、政にはかかわりない」

「…………」

黙り込んだ佐太郎へ目を向けると、ふいに発する。

「そなた、国入りの折、わしを見ておったろう」

つかのま息がとまる。楓馬場のあたりで駕籠を止めたときだ、と殿さまが付け加えた。あるいはと思っていたものの、やはり気づかれていたらしい。咎める口ぶりではなかったが、身の置き場を失った心地だった。

とはいえ否んでもむだであろうと思い、

「はい、まことにご無礼をいたしました」

面を伏せて応える。正寧は気をそこねたようすもなく、

「目だけはよくてな」

いたずらっぽい物言いを返してきた。その口吻《こうふん》に安堵を覚えてこうべをあげると、

「なぜ見に参ったのだ」

訝しげな声が投げかけられる。それでいて、ごく平坦な調子でもあった。

「その……まことに恐れ多きことながら、殿さまがわたくしと同い齢であるとうかがい、どう

にも気になりまして」

いつわりのないところを一息に告げると、

「なるほどな」

正寧が腑に落ちたようなつぶやきを洩らす。心なしか、どこか楽しげな口調に聞こえた。そのまま、おもむろに語を継ぐ。

「そなたは、どうでもシテになりたかったのか」

佐太郎の来し方を大まかにはご存じなのだろう。唐突というしかない問いではあったが、その声に誘われる体で、しぜんと唇がうごいた。

「そういう心もちはたしかにござりましたが」

ふだん、あらためて考えることもなかったが、じぶんでも驚くほどすんなりことばがこぼれ出る。「結局は巡りあわせとしか」

「さようか」

正寧が首肯《しゅこう》する。「分かる気がする」

そこまでいって眼差しを伏せ、押し出すような口ぶりで問うた。

「が、ある日とつぜん仕度もなしにシテを務めよと言われたら、いかがするかな」

「それは」

おもわず、ことばを途切れさせる。おのれの場合、シテ方として修行をはじめるには、話があってからそれなりに猶予があったし、この先も一本立ちするには、よくもわるくも刻《とき》がかかるだろう。いきなりシテ、というのが、本家の三男から分家のあるじとなった殿さま自身を指していることは想像がついた。

投げかけられた問いがあまりに大きく、とうてい応えが思い浮かばない。口籠もったすえ、

「正直なことを申せば、考えもおよびませぬ」

とだけ発した。

正寧が唇もとをふしぎなかたちに動かす。笑みをたたえているのだと分かったが、その微笑がひどく寂しげで、と胸を突かれた心地になった。おのれが心ない振る舞いをしたような気がして、いたたまれなくなる。

「……申し訳ございませぬ」

ひとりでに口が動き、そうささやいていた。正寧は、打って変わって明るい笑みを佐太郎に向ける。

「あやまることはない」

しずかな口調でつぶやき、凌霄花を見やりながらいった。「わたし自身、いまだ考えもおよばぬのだから」

五

山城守正寧がふたたびお国入りをしたときには、佐太郎も十七歳となっている。一年ぶりに

対面する殿さまは、ひとまわり軀が大きくなったように見えた。

「背が伸びたの」

おなじことを感じたらしく、稽古場での対面がすむと、正寧のほうから口をひらく。声も以前より重みを加え、よく響くようになっていた。

「はい、いくらかは」

迷ったものの、声を落としてつづける。「恐れながら、殿さまもずいぶんと丈がお伸びになったようにお見受けいたします」

「うむ、三寸近くな」

面映さと誇らしさが交じったふうな応えが返ってくる。佐太郎はこぼれそうになった微笑をあわてて押し込めた。

「では、また一年《ひととせ》よろしく頼む」

以前付き添ってきたのとおなじ武士が、落ち着いた声でいって腰を上げる。ようやく三十半ばというところだが、昨年、筆頭家老の座に就いたと聞いていた。年齢を考えれば、神山藩の政はこれからずいぶん長い間この男が担ってゆくのだろう。師匠に合わせ、佐太郎もふかぶかとこうべを垂れて見送った。

「江戸での稽古はいかがでしたか」

武士の気配が消えると、おもむろに師匠が問うた。正寧は決まりわるげにかぶりを振る。

「存分にとはいえぬな」

お抱えの能役者は国もとにしかおらず、時おりおなじ流派の者を呼んで稽古をつけてもらいはしたが、頻繁にとはいかなかったらしい。物言いの端々に無念さが滲んでいるから、当人としても不本意なのに違いなかった。

応えながら時おりこちらのほうへ眼差しを走らせているのは、この一年、佐太郎がどれほどの稽古を積んだか気になっているのだろう。能役者でもないのにそこまで、とは思ったが、その真摯さが嫌であろうはずはなかった。

「ではまず、いまのお手並みを拝見させていただきまする」

師匠が告げると丁寧がうなずいて立ち上がる。佐太郎もそれに倣い、ふたりのうしろに控えた。

「それがしにつづいて動いていただきます」

いいざま腰を落とした師匠の右足が、稽古場の床を踏み鳴らす。鼓《つづみ》かなにかのような小気味よい音が立てつづけに起こった。

「してみせよ」

といわれ、佐太郎はおなじしぐさを繰りかえす。何百回となく稽古したことだが、殿さまのまえであらためて披露するのだと思うと、構えるものを覚えた。

それがおもてに出たのだろう、床板を踏み叩いた音は、われながら張りのないものとなった。師匠は苦い笑みを浮かべると、

「いつもより拙《まず》い」

にべもない口調でいう。「御前であるからというて鈍っては困る」

「申し訳もございませぬ」

身の置きどころを失った思いでこうべを下げる。正寧の前でうまくしおおせなかったことが恥ずかしくもあり、悔しくもあった。

「では」

師匠がうながすと、正寧がわずかに顎を引き、そのまま腰を落とす。次の瞬間、はじけるような音が殿さまの足もとで起こった。

「できておりますな」

かるい驚きをこめて師匠が発する。それがたんなる阿諛《あゆ》でないことは佐太郎にも分かった。構えすぎてしくじったおのれより、あきらかに腰の据わった動きだと思える。江戸では、かぎられた刻のなかで殿さまなりに修練を積まれたのだろう。にわかに焦りめいたものを覚えた。

正寧にも、できたという手ごたえがあったらしい。頰のあたりを赤く染め、肩を大きく上下させている。やはり、嗜《たしな》みという域を越えて能への思いがあるようだった。

「今いちどお願い申し上げまする」

佐太郎は師匠に面を向けていった。よかろう、というつぶやきが返ると同時に、おおきく息を吸う。ゆっくりと吐き出しながら、焦りにかられてはならぬ、とおのれに言い聞かせた。高まっていた鼓動が、少しずつ落ち着いてきたように感じる。

次の瞬間、はじめようと思う間もなく、中腰になって蹠《あしのうら》で床を打ち叩いていた。稽古場のなかに板の鳴り響く音が谺《こだま》する。師匠が満足げにいった。

「できたようだの」

その声に導かれる格好で正寧の方をうかがう。殿さまは眼差しをこちらに向け、力づよくうなずいてみせた。

「……こたびは、出府まえに一曲ものしてみたい」

ふいに正寧がいった。師匠が口中でおどろきの声を嚙みころす。佐太郎はむろんだが、はじめて耳にすることだったらしい。

正寧がそのような心もちとなったのは、能舞台の造営が進んでいるためだろう。隠居した養父・正経《まさつね》いらいの悲願だったと聞くが、とうとう現実のものとなるようだった。能役者としては心が躍るものの、日の本じゅうどの藩も財政難にあえぐ折、豪儀な話だという思いも禁じえない。

「承知いたしました」

とはいえ師匠がそう応えるのは当然で、もともと否をいえる身ではない。同い年ゆえに心やすいものを覚えがちな佐太郎ではあるが、それくらいの分はわきまえていた。

「演目は、何になさいますか」

師匠が問う。正寧はしばし考えをめぐらす風情だったが、ややあって、

「やはり〈翁《おきな》〉であろう」

おのれにたしかめるような口調でつぶやいた。師匠とともに、佐太郎もふかく首肯する。

〈翁〉は能の根本をなすもので、どの流派でも避けては通れぬ演目だった。まだ十代の若さならもっと派手やかな曲を選びそうなものだが、能に対する真摯さのあらわれでもあろう。舞台開きの演目として舞うなら、正寧みずからシテをつとめることになるはずだった。

じっさい、正寧の素養は殿さま芸を越えることが佐太郎にもはっきりと見えている。脅威とまではいわぬが、安閑としていられないというくらいは、たしかに感じていた。

「ならば、佐太郎に千歳《せんざい》をつとめさせましょう」

唐突に師匠が唇をひらく。おもわず、えっ、という声が喉からこぼれ出た。

〈翁〉は白い面《おもて》に長い髭の〈白色尉《はくしきじょう》〉がシテで、千歳とはその露払いとして舞う役のことである。このふたりが前半で舞い、後半は〈黒色尉《こくしきじょう》〉と呼ばれる面をかぶって三番叟《さんばそう》が舞うことになるが、これはおそらく師匠がつとめるのだろう。翁と三番叟あわせて天下泰平と五穀豊穣を祈るのが〈翁〉の筋立てである。が、今から稽古して身につくものかどうかおぼつかなかった。

それでいて、殿さまとともに舞台に立つという昂揚が留めようもなく総身を覆っている。正寧も、喰い入るようにこちらを見つめていた。

「それは心づよい」

殿さまが唇もとをほころばせる。佐太郎もそれに応え、いくらか強張りながらも笑みを浮かべてみせた。

六

山城守正寧が帰国して半年近くが過ぎ、神山にもみじかい秋が訪れている。楓馬場も、その名のとおり目を奪われるほどあざやかな紅葉に満ちる頃合いとなっていた。桔梗《ききょう》はすでに花を落とし、竜胆《りんどう》があちこちで紫の花びらを広げている。

能舞台の完成は来春そうそうと決した。あと半年足らずしかないから、〈翁〉を修得するのはいささか難しいとも思えたが、それでもと殿さまが望んだのは、江戸へ出てしまえば、また一年を経なければならぬからだろう。その心もちは佐太郎にも分かる気がした。

謡《うたい》や鼓の者も入れ、連日となった稽古にも正寧は疲れた顔を見せぬ。足もとに重い冷えがまとわりつく季節に差しかかっていたが、額にうっすら汗さえ滲ませ励んでいた。

さいわいといっていいのか、政は重臣たちが大過なく取り仕切っており、殿さまはみずから会議を召集しないかぎり、何日かにいちど報告を聞くだけでよい。いま神山の藩情は落ち着いているといってよく、能の稽古へ没頭するには打ってつけでもあった。

殿さまと舞台をつとめるのは大きな誉れであり、実家の父や兄もふくめ、親類たちが掛かりきりで稽古をつけてくれる。雪の絶えぬ時季となっても、それは変わらなかった。

くだんの能舞台が落成したのは、年も明けて梅の蕾《つぼみ》がほころびを見せはじめたころである。正寧と重臣たちが総出で足をはこび、師匠と佐太郎も陪席をゆるされていた。

この舞台を築こうと決めた先代の藩主も招かれ、ほとんど末席といってよいほどの座で見物にくわわっている。やはり気にかかるらしく、正寧は折を見つけてなにかと話しかけていたが、隠居はとぼしい表情を崩すこともない。離れたところで控える佐太郎には聞き取れぬくらいの声で、ひとことふたこと応えを返すだけだった。

じぶんが望んだ能舞台がかたちとなったにもかかわらず、その顔に喜びめいた色はいささかもうかがえない。お年はようやく六十と聞いているが、すでに老耄《ろうもう》がすすんでいるのか、こちらが拍子抜けするほど感慨めいた気配はなかった。

——おや。

重臣たちの眼差しが、さりげなく隠居のほうに注がれていると気づく。佐太郎にはうかがうべくもないが、その瞳にはそろって忌避と畏れの混じった色が浮かんでいるように感じられた。自分たちが退隠させた前藩主など、忌まわしい亡霊を目にするごとき心地なのだろう。同時に、正寧へ向ける視線に安堵めいたものが含まれている気がする。考え違いかもしれぬが、若い殿さまが能に打ち込めば打ち込むほど、重臣たちは心平らかになるのではないかと思えた。

——そうか……。

正寧が政そっちのけで能に心を寄せていて構わぬのかと案じたこともあったが、家老たちは、むしろそれを望んでいるらしい。なまじ口を出されては厄介と考えているのかもしれなかった。

われしらず、五間《けん》ほど離れてたたずむ師匠のほうへ面を向ける。そのわずかな動きを目に留めたらしく、師匠も顔を動かし、こちらを見つめかえしてきた。白いもののまじった眉を寄せ、なだめるようにこうべを振ってみせる。

——承知しておられたのか。

抑えきれぬ動揺が総身に広がる。佐太郎と殿さまが稽古に励んでいるのは、すべて重臣たちの思惑通りだったらしい。本家の後ろ盾がある正寧には、なるべく政を顧みてほしくなかったのだろう。無理を押して舞台を築いたのも、能のほうへ関心を向けさせるために違いない。おのれは知らずにその片棒を担ぎつづけてきたようだった。

「どうかしたか」

いつの間にかかたわらに立っていた正寧が、案じげな声をかけてくる。よほど異様な面もちになっているのかもしれなかった。

「ご無礼つかまつりました。あまりの見事さに肝を奪われましたようで」

佐太郎が口をひらくまえに、師匠が近づいてきて応える。殿さまは首肯すると、

「さようか。無理もない」

昼下がりの陽光に浮かんだ能舞台をまぶしげに見守った。

その日の稽古がおわり、正寧が本丸へ引き上げて二人きりとなっても、師匠はなにも口にしなかった。梅がほころびはじめたとはいえ、板の間に坐していると厳しいまでの冷えが忍び寄

り、腰から下が痺れたようになる。それでいて、寒さを感じるゆとりもなかった。日はとうに落ち、あたりには薄い藍色の闇が広がっている。尋ねたいことは無数にあったが、どうことばにしたものか思いも及ばなかった。

——ご執政方から、殿を能の道へいざなうよう言い含められたのですか。

無理やり口にすればそういうことになるのだろうが、聞いてどうするという心もちも拭えない。正寧は能の道に没入しているし、〈翁〉を舞うことも藩内に知れ渡っていた。今さら取りやめて政に気もちを向けよといったところで誰も喜ばぬし、何よりおのれがいうべきことでもない。あるいは、はじめて正寧の駕籠を見に行った時から、こうなる以外なかったのかもしれぬ。

「面を見せよう」

佐太郎の内心に気づいているのかどうか、師匠はおだやかな口調でいうと立ち上がり、いちど稽古場を出ていった。戻ってきたときには、木箱をふたつ捧げ持っている。佐太郎のまえに膝をつくと、師匠がおもむろに唇をひらいた。

「これが黒色尉」

いいざま、片方の蓋を手に取る。への字形に刳《く》り抜《ぬ》かれた両眼が薄闇のなかに浮き上がった。暗がりよりもさらに濃い黒の面に、白くみじかい髭が生えている。これをかぶって舞う師匠の姿が、まざまざと見えるようだった。

「そして、こちらが白色尉だ」

常より押し殺した声で師匠が告げた。佐太郎はおもわず息を詰める。蓋を持ち上げる音が、闇の奥まで広がってゆくようだった。

七

花曇りというのか、雲の多い空もようが幾日も続いていたが、今日は朝から晴れ渡っている。遠のきがちだった鶯《うぐいす》の囀りも、かまびすしいほど響いていた。

〈翁〉を舞うまえには演者一同、精進潔斎《しょうじんけっさい》するのが習いである。佐太郎たちは身を清めて臨んでいるが、殿さまとて例外ではなかった。とくにシテは生臭物《なまぐさもの》を避けることも求められている。ともに起居しているわけではないものの、日ごろの向き合い方からして、正寧は精進を全うしたに違いない。

客席にはすでに重臣たちが座を占めており、舞台の裏にいても話し声の重なり合ったざわめきが耳に飛び込んでくる。佐太郎は、掌がひどく汗ばむのを感じていた。鼓動が否応なく高まり、ともすれば膝が震え出しそうになる。

「えっ——」

かたわらから大きな拳が伸び、おのれの手を包む。痩せた軀とは不似合いとも思えるそれは、正寧のものだった。顔をあげると、さもおかしげに笑みを向けてくる。

「そなたの方が固《かと》うなって、どうする」

「申し訳もございませぬ……ご執政方がおおぜい来ておられると思うたら、急に」

正直に告げると、殿さまがふいに大人びた面もちを浮かべた。

「恐れることはない」

ひとことずつ嚙みしめるようにつづける。「そなたとともに舞うのは、この国のあるじだ」


揚幕《あげまく》がひらくと、面箱持《めんばこも》ち、正寧、佐太郎、師匠の順で橋掛かりを渡る。曲中で面をかぶるのは正寧と師匠だが、まだどちらも直面《ひためん》、つまり顔をさらしたままである。殿さまの衣装は藩主家が代々受け継いできたもので、金糸をふんだんに用いた狩衣《かりぎぬ》だった。

舞台に足を踏み入れた途端、総身の痺れるような心地に貫かれる。やはり前藩主と重臣たちの顔が客席に並んでいたが、さいぜんまでの強張りは、どこかに消し飛んでいた。代々能の世界に住み成してきた血が躍っているのかもしれない。

佐太郎と師匠はいちど足を止め、面箱持ちと正寧が正面に進み出る。翁である正寧は客席に向かって手をつき、ふかぶかとこうべを垂れた。演者とはいえ殿さまのなさることだから、見物の重臣たちがそろって頭を下げる。

つづいて正寧たちは舞台の後方へしりぞき、面箱持ちが箱の蓋をあけて、面の仕度をすませる。佐太郎は跡を追うようにして前方の脇柱まで進んだ。隅に腰を下ろした師匠が、見守るような眼差しを向けてくるのが分かる。

笛や太鼓といった囃子方《はやしかた》があらわれ、奥に座をしめる。笛方には実家の兄がくわわっていた。

　ほどもなく、笛と太鼓の音がつづいて耳を打つ。体じゅうの血がいっそう勢いを増して巡りはじめるようだった。

「とうどうたらり」

　正寧がよく透る声で謡いはじめる。「……あがりららりどう」

　響きの心地よさに、つかのま耳を奪われそうになる。ことばの意味は分からぬが、天下の泰平や五穀豊穣を願う祝詞《のりと》のようなものだろう。佐太郎はこの謡が人いちばい好きだった。鼓や笛の音と謡の声が和し、舞台から客席に広がってゆく。かたちだけ拝見という体で坐していた重臣たちのなかにも、魅入られたように上体を乗り出す姿が見受けられた。見物の衆がどれくらい本気で観ているのかは、演者にもそのまま伝わってくる。

　正寧が謡い終えると、佐太郎は立ち上がって舞台の中央へ進み出る。両袖を広げ、腹の奥から声を発した。

「絶えずとうたり」

　殿さまに負けられぬ、などという心もちは端《はな》から消えている。腰を落とし、摺り足で円を描くように舞台をめぐった。ふたたび正面を向き、楽を奏でるごとく足で舞台を打つ。応えるように板が鳴り、小気味よい音が立ちのぼった。

　そのあいだに正寧が面へ指先を伸ばし、ゆったりとした手つきで顔に近づける。演者が舞台上で面をつけるのは〈翁〉だけだと聞いていた。それだけとくべつな演目ということだろう。

殿さまが面を被り終えると同時に、佐太郎は左手に掲げた扇を前へ突き出し、右足でひときわ大きく舞台を踏み鳴らした。おのれのなかから濁ったものが飛び出してゆくように感じる。それを最後に脇柱のところまで下がり、おもむろに腰を下ろした。

「総角《あげまき》や――」

正寧があらためて謡いはじめる。面をつけたせいか、さいぜん耳にした声とはいくぶんことなって聞こえた。若々しさはうしろに退き、ひといきに齢をかさねたようなさびた響きとなっている。まこと翁になったかと思えるほどだった。

おもわず目だけ動かして殿さまのほうを見やる。皺を表しているのだろう、水が流れるような文様を刻んだ白い面に、胸元まである長い髭を生やしている。午後の日差しを浴びて、微笑むごときかたちに刳り抜かれた翁の目が、かがやいているように見えた。老人というより、華の精かと思ってしまう。

――ああ、そうか。

遠い記憶がよみがえってくる。殿さまと初めて対面したとき、そのお顔がなにかに似ておれると感じたのだった。的を射ているかどうかは分からぬが、いま眼前で日の光にきらめく白色尉の面こそそれだと気づく。客席へ顔を向けずとも、重臣たちの眼差しが正寧に引きつけられていることが分かった。

翁が膝を起こし、中央に進み出た。ここからは翁の長いひとり舞台となる。演者の力量があからさまになるが、もはや気を逸らす者がいようとは思えなかった。佐太郎じしん、その姿から目を離せずにいる。

——殿はすべて承知しておられたのだな。

じわりと、そうした心もちが湧き上がってくる。確信とさえいえるくらい、はっきりとした感覚だった。ともに学んだおのれだからこそ伝わってくるものがある。

政から遠ざけたいという重臣たちの思惑を知ったうえで、殿さまはなお精魂こめて舞台をつとめておられるのだろう。いま政にかかわれぬなら、じぶんなりのやり方で務めを果たそうとしたに違いない。たしかに、国の平らかを祈る翁の姿は、藩主でなければ務めえぬとまで感じる。総身に光を浴びて舞うさまは、いっそ神々しいとさえいえるほどだった。

「神のひこさの昔より、久しかれとぞ祝い——」

正寧が両袖を広げ、朗々と謡っている。この国のあるじだ、と言い切った声が、いまいちど耳の奥で鳴り渡るようだった。

白い檻《おり》

一

重い塊の落ちるような音があたりに響き、間を置かず尉鶲《じょうびたき》とおぼしき啼《な》き声と羽ばたきが起こった。松の梢《こずえ》にでも止まっていたのが、雪の音におどろいて飛び立ったのだろう。この地で冬を越すのにもすっかり慣れているから、外に出なくとも、それくらいのことは見当がついた。

野瀬三左衛門《のせさんざえもん》は書物から離した手をかたわらの火鉢に伸ばした。指先にわずかながら温かいものが通うのを覚えたが、足も頰も針で刺されたかのごとく痛み、冷えている。小ぶりの火鉢ひとつでは、大した足しにもならなかった。先祖伝来の弓と矢も、部屋の隅で凍えているように見える。夜もそれなりに闌《た》けてきた頃合いだから、なおさらだった。

赤岩村《あかいわ》は神山藩《かみやま》と隣国の境に近い僻村《へきそん》で、住まう者も二百人を割っている。ここにいる武士は、なにかしら咎《とが》があって送られてくる者がほとんどである。いわば流罪であり、三左衛門もそのひとりだった。

三年まえ、〈桜《さくら》ヶ淵《ふち》の変〉と呼ばれる政変が起こり、執政府が総入れ替えとなった。御弓頭《おゆみがしら》だった三左衛門も追い落とされた側に属していたため禄を召し上げられ、この地へ押し込められたのである。枢機にもたずさわっておらず、相手方を退けようとしていたわけでもないのに理不尽な話だが、政変などというは、おしなべてそうしたもののようだった。

父はとうに亡くなっているが、老母は親類の家に引き取られたきり、その後いちども会っていない。おのれはようやく四十というところだから、軀《からだ》さえいとえば十年二十年と残された刻《とき》があるやもしれぬ。が、いつ赦《ゆる》されるかは分からず、終生このままという目もじゅうぶんにある。妻からの便りで消息は耳にしているものの、母が生きているうちに再会できるかどうかは危ぶまれた。八つだった倅《せがれ》は、すっかり大きくなって顔も変わっているに違いない。

張り詰めた大気を伝って、降りしきる雪の音が聞こえてくる。きょうは湿りけの多い、重い雪のようだった。三度目の冬を迎えると、そうしたことまで分かるようになっている。

腰あたりまで雪の積もる土地柄とはいえ、城下で勤めにはげんでいるころは、その音にまでこころを傾けた覚えはなかった。雪の降る音などというものがあることすら、考えなかったといってよい。赤岩村での暮らしがあまりにひっそりと静まり返っているため、気づかずにいられなくなった。

この村へ送られたときの身を灼《や》くような無念は、日々の積み重なりに埋もれつつある。死なずにすんだという安堵もたしかに抱くものの、老い朽ちるまでこのままかもしれぬと思えば、果たしてどちらがよかったのか、三左衛門じしんにも分からなかった。とくに冬場はいちめんの雪に閉じ込められるから、気鬱とのせめぎ合いに苛《さいな》まれる。

——おや。

火箸で炭を掻きまわしていた手をとめ、耳を澄ませた。雪音にまぎれ、耳慣れぬ響きが起こったように感じたのである。そう遠くないところで、ざくざくという重い気配が生じ、少しずつ近づいてくる。

三左衛門は火鉢から離れ、粗末な刀架ににじり寄った。いま耳に留まったのは、生きものの足音に違いない。おそらくは人であろうと思えた。鹿や野兎の足音はもっと軽い。さいわい出くわしたことはないが、熊であればさらに重かろうし、だいいち、その季節ではなかった。

刀をとって身構えたのは、理屈でなく軀に沁《し》みこんだ習いである。長すぎるほどひとりきりで暮らしているため、心もちが研ぎ澄まされてもいた。

くだんの足音が一歩ずつ迫ってくる。三左衛門は息を凝らして待ち構えた。

やがて軋み音のようなものが耳を刺す。だれかが戸を叩いているのだと気づいた。心張棒《しんばりぼう》をかっているから、外から開けることは難しい。このまま放っておこうかとも思ったが、まんいち蹴破られでもしたら、家のなかにまで雪が吹き込んでくる。とっさに肚《はら》を据え、入り口のほうへ向かった。

戸を打ち叩く音は止むようすもなくつづいている。三左衛門は廊下をすすみ、上《あ》がり框《がまち》のところで歩みを止めた。厚手の足袋《たび》を履いていても、爪さきに痛いほどの冷えが忍び寄ってくる。足指をこすりあわせながら、ことさら重く低い声で呼びかけた。

「誰だ」

響いていた音がぴたりと止む。戸の向こうが見えるはずもないが、相手もこちらの声に身を強張らせたような気配を感じた。

今いちど誰何《すいか》してみようかと唇を開きかけたとき、

「弥平《やへい》でございます」

いくぶんしゃがれた声が耳に飛び込んでくる。この家に出入りしている百姓で、月に何度か里から米や野菜を届けてくれるのだった。雪まじりの風にまぎれてはっきりとは聞こえぬものの、本人に相違ない。

「いったい何事だ」

声を張って問うと、

「ご城下からお使いで」

いちだんと高まった響きが耳朶《じだ》を打つ。風音は増すばかりだから、大声で叫ばねば聞こえぬと分かっているのだろう。

こんな天気に、とは思ったが、家族に何かあったのかもしれない。遣り取りしているうちにも、冷え切った床板に蹠《あしのうら》が貼りつくような心地に見舞われていた。三左衛門は意を決して土間に下り、心張棒へ手を伸ばす。

乾いた音とともに棒をはずすと、こちらから開くまでもなく、古びた板戸がゆっくりと動いてゆく。ふだんなら耳障りな音が立つところだが、雪の唸《うな》りに掻き消されて聞こえてはこなかった。

白く切り取られた隙間が少しずつ広がってゆく。戸の向こうに、見なれた中年男の顔がうかがえた。たしかに弥平である。ひどく蒼《あお》ざめてはいるが、この天候を考えれば道理というものだろう。

「造作をかけたな」

使いとはなんだ、と問うまえに、弥平の体が横ざまに倒れ込み、銀色の閃光が三左衛門の眼前をよぎった。

二

何が起こったか分からぬうち、胸のあたりにするどい痛みを感じる。とっさに大きく後ずさり、上がり框に足をのせた。

胸元を押さえた掌が赤く濡れている。板戸の向こうへ目を凝らすまでもなく、頭巾姿の侍がひとり、土間に踏み込んできた。一拍遅れたのは、斬りつけたあと引いた切っ先が板戸にめり込んでいたためらしい。おかげで続けざまに太刀を振るわれなくて済んだ。

三左衛門は誰何することも忘れ、背を見せて駆けだした。居間に飛び込み、大刀を手に取る。振り向きざま抜き放つと、藁沓《わらぐつ》のまま押し入ってきた対手《あいて》の切っ先とぶつかり合い、甲高い音を立てた。重い手ごたえに腰から下が揺らいだものの、かろうじて踏みこらえる。

弥平はどうなったのかという思案が頭の隅をかすめたが、それどころでないことは分かっている。三左衛門と顔なじみの百姓を脅すか騙すかして、ここまで案内《あない》させたのだろう。敵の正体とわけを知りたかったが、聞いたところで応えるはずはなかった。

腹の底から唸るような声を発し、上段から切っ先を振り下ろす。対手はすんでのところで躱《かわ》すと、横薙《よこな》ぎに刃を払ってきた。足さきまで下りていた大刀を撥《は》ね上げ、思い切り打ちつける。

凍えた大気を裂くような音があがり、火花さえ散った。ぶつかり合った刃と刃はぴたりと貼りつき、そのまま動かなくなる。

渾身の力を籠《こ》めて押し切ろうとしても、対手の刀身はぴくりとも揺るがぬ。室内は冷え切っているが、額のあたりがはっきりと汗で濡れていた。向こうもおなじありさまらしく、荒々しい息遣いが隠しようもなく洩《も》れている。頭巾の奥は汗みずくとなっているに違いなかった。

三左衛門の刃先が痙攣《けいれん》したように震える。敵の刃を抑えこむのは、そろそろ難しいと感じられた。

切っ先からひといきに力を抜き、摺《す》り足《あし》で大きくすさる。平衡をくずした対手の上体が前にのめり、剣尖《けんさき》が畳をこすった。その隙に向けて一撃を叩き込む。

が、信じられぬほどの素早さで敵が身を起こす。そのまま、こちらの振り下ろした剣に刃を打ち当ててきた。

悲鳴のごとき音をあげ、三左衛門の刀が部屋の隅に飛ばされる。手を伸ばそうとして足がもつれ、いきおいよく畳に腰を打ちつけた。安堵なのか嘲りなのか、頭巾を押しのけるようにして対手の笑声が聞こえてくる。大きく振りかぶり、隙のない足取りで三左衛門に向かって踏み出してきた。

とつぜん叫び声があがり、小柄な影が飛び込んでくる。振りまわした棒が頭巾の横面をしたたかに打った。呻《うめ》き声をあげて対手が転倒するあいだに三左衛門は手をのばし、弾かれた大刀を手に取る。打ちかかろうとしたが、頭巾の男は腰をついたまま刀を振るい、切っ先が腿のあたりをかすめた。

「逃げましょう――」

心張棒をかまえた弥平がいう。

「しかし」

叫び返して、男の方に目を飛ばした。頭を殴打されたせいか、対手は起き上がろうともがきながら幾度も倒れ込んでいる。今のうちに止《とど》めをと思ったが、切っ先だけは油断なくこちらへ向けられていた。傷を受けた胸元と腿が引《ひ》き攣《つ》れるように痛む。迷っているうち、

「すこしも早く」

有無をいわせぬ力で弥平が袖を引いてくる。今はとにかくこの男のいう通りにしようと思った。みじかく首肯《しゅこう》し、床板を踏み鳴らして玄関先まで駆ける。土間の上に、吹き込んだ雪がすこし溜まっていた。藁沓と蓑《みの》を手早くまとい、弥平の背を追って開いたままの板戸から外へ飛び出す。

いつのまにか雪は熄《や》んでいたが、風の冷たさはこの上もないほどだった。剝き出しの頰に痛

みを感じたのは一瞬だけで、すぐさま体じゅうが痺れたようになる。

死にたいのなら別だが、雪の夜に外を出歩くものなど、この村にはいない。刺客もそれは承知していたのだろう。道案内に使った弥平は、あとで斬るつもりだったに違いない。

「これから、どこへ行く」

すぐ前を歩く背中に呼びかける。風音に巻かれて聞こえたかどうか定かでなかったが、弥平は振り向き、青黒く変じた唇をおもむろに開いた。

「炭焼きの小屋へ参りましょう」

「炭焼きの……」

ただ繰りかえすあいだにも、喉の奥へ厳しい冷気が押し入ってくる。咳き込みそうになるのをこらえているうち、弥平がこびりついた雪で白くなったままの眉を寄せていった。

「わしの家は、さっきの奴に知られておりますから」

あとで一切合切、ゆっくりお話しします、といって大儀げに息をついた。「外じゃ話すのもひと苦労で」

三左衛門は顎を引いた。少しでもはやく事情を知りたい気もちが押し寄せていたが、おのれじしん、尋常でない寒気のなかで声を出すのにも難儀している。弥平の言い分は、もっともというほかなかった。

行く手に向き直った弥平が、迷いのない足取りで歩をすすめる。雲が途切れ、満月に近いさえざえとした光が、雪のうえに残った足跡をくっきりと照らし出していた。

弥平の家は三左衛門の籠居から南へ一里足らずのところだが、炭焼き小屋のありかは知らぬ。が、まんいち弥平に害意があるなら、刺客に打ちかかるわけもない。今はこの百姓を信じて付いていくしかなかった。

見慣れていたはずの景色はいちめんの雪に覆われ、方角さえ分からなくなっている。少し前まであざやかな紅葉で彩られていた山々は、すっぽりと白いものをかぶり、稜線をたどることさえ難しかった。もしここで弥平とはぐれたら、さいぜんまで暮らしていた住まいに辿り着くことも叶わぬに違いない。

——頭巾の男はどうしたろうか。

頭の芯をそうした思いがかすめる。何合か剣を交えただけだが、かなりの遣い手であることは確かだった。弥平の加勢がなければ、今ごろおのれは骸《むくろ》となっていただろう。

弥平が力いっぱい打ち据えたから、あのまま動けぬようになってくれればいいが、それを頼みとするわけにもいかない。持ち直して追ってくるかもしれぬし、もしいるのなら仲間を呼んでくることもあり得た。

腰のあたりがとめどなく震える。寒さのせいなのか畏《おそ》れのせいなのかは、じぶんでも分からなかった。

三

いつのまにか腿のあたりにかかる重さが増している。雪に埋もれてはっきりとは分からぬが、道に少しずつ勾配が加わっているようだった。それでいて弥平の足に乱れはなく、白いものに覆われた坂をたゆまず上っている。さいわい雪は熄んだままで、まばらな杉木立ちを透かして、冷たい月光が全身に降りそそいでいた。

四半刻《しはんとき》も歩いたかと思われるころ、行く手にうっすらと浮かび上がる影がうかがえた。ごく小さな建物らしいが、屋根らしきものも望める。あれがめざす小屋なのだろう。

その思案を後押しするように、振り向いた弥平が大きく首肯してみせる。三左衛門もうなずき返したつもりだが、寒さで体じゅうが強張り、動きが小さくなった。

見渡すかぎりの雪に取り巻かれていると、小屋に近づいているのかどうかもおぼつかなかったが、弥平の背を追ってひたすら足を進める。気がつくと、目のまえに戸口が迫っていた。

弥平につづき、くずおれるようになかへ入り込む。吹き込んでくる風をさえぎり勢いよく戸を閉めると、土間に膝をつき、上り口に身を凭《もた》れさせた。

そのあいだにも弥平が奥へ上がり、か細い雪明かりをたよりに囲炉裏端《いろりばた》へ近づく。かちかちという音が響くと、ほの赤いかがやきが小屋じゅうを照らし出した。三左衛門は、かすかという以外ない暖かさに誘われる体《てい》で藁沓を脱ぎ、ほとんど這うようにしてそちらへ進んでゆく。

「親爺《おやじ》は里に下りていますが、炭はいくらか残っておりますんで」

弥平が気づかわしげな面もちを向けていった。声も返せぬまま、囲炉裏に手と足をかざす。斬りつけられた傷は浅かったらしく、血はとうに止まっていた。

「いまのうちに温めとかねえと、指が落ちますから」

ごく平坦な口ぶりで弥平がいう。おもわず手足を見つめて怖気《おぞけ》を振るいそうになったが、冬の山里ではよくあることらしい。赤岩村はまだしも、領内最奥の地である山岳地帯では、ひとの背丈を越えるほどの雪が積もるという。

「それで、あの男はいったい」

いくぶん落ち着いたおかげで、ようやく聞きたいことを口にする。弥平は首をかしげながら、いまだ色を失ったままの唇をひらいた。

「ご城下からの使いじゃと申しまして……」

野瀬三左衛門の籠居に案内せよと現れたのだという。弥平は妻をはやくに亡くして一人暮らしだが、村のまとめ役でもあり、流人《るにん》というべき三左衛門の世話を託されているのだった。すくなくとも、男はそれを知っていたことになる。

相手の口吻《こうふん》はやけに切羽詰まって聞こえたから、急ぎの用であることは間違いない。城下からの使いと聞けば否やはいえぬが、この季節というのは胡乱《うろん》に思えたたし、頭巾をかぶったままなのも不審だった。三左衛門の住まいに辿り着いたとき、男は、

「声だけかけてくれればよい」

といったが、弥平は、

「野瀬さまは用心深い方でございまして、まずわしの顔をたしかめてからでなくては、お上げにならないでしょう」

そう告げたのだという。おそらく刺客は、戸が開くや否や抜き打ちに三左衛門を斬って捨てたかったはずだが、前にいる弥平を押しのけたぶん、一拍も二拍も動作が遅れた。さきに百姓を斬らなかったのは、それをすればよけいに手間取ることが分かっていたからだろう。

いずれにせよ、弥平のおかげで反撃の隙が生じたといえる。三左衛門は、ふかい吐息とともにこうべを下げた。

「そなたのおかげじゃ……命拾いした」

今のところは、と言いたかったが、

「滅相もないことでございます」

相手が顔のまえで手を振り面映《おもはゆ》げに発したから、口にはしなかった。

「この小屋は村のものしか知りませんから、ご安心なさってくださりませ」

「すまぬ」

みじかくいって、囲炉裏のなかでくすぶる炭に眼差しを落とす。まだ充分な温かさとはいえぬが、赤々と熾《おこ》る火を見つめていると、いくらか心もちが休まってくるようだった。大きく吐き出した息で指先をあたためる。幾度か繰り返しているうち、軀のすみずみに少しずつ血が通ってきた。今まで顧みるゆとりすらなかった思案が頭を擡《もた》げてくる。

――なぜ、おれを斬ろうとしたのか。

突き詰めれば、すべての疑念はそこへ行きつく。政変に巻き込まれた身であれば、なにがあってもふしぎでないとはいえ、三年を経てからというのはいかにも訝《いぶか》しかった。くわえて、いくら人目につかぬとはいえ、このような時節にやってくるとは、一歩間違えば、刺客自身が雪に埋もれてしまうこととてあり得る。それでも来たのは、

——どうしても、今でなければならなかったのだ。

おのれの与《あずか》り知らぬところで、何かが生じていると見てよい。いそいで三左衛門を始末せねばならぬわけがあるに違いなかった。

「……近ごろ、城下でなにか変わったことは起こっておらぬか」

無駄を承知で問いかけてみる。弥平はさあ、と応えただけで、困ったような申し訳ないような面もちをたたえた。まったく行き来がないわけでもないらしいが、そうそう城下に足をはこびはしないといっていたから、無理もない。

が、しばらく考えこんだあと、弥平はゆっくりと額をあげた。

「村の者から聞いただけでございますが」

そのまま自信なげなつぶやきを洩らす。「三年まえの騒ぎでお役ご免になった方々が、少しずつお戻りになられているとか」

「例えばだれだ」

われしらず、上体を乗り出している。声が問い詰めるようになっていると気づいたが、じぶんでも止められなかった。

案の定、弥平はいくぶん怯えたような表情となって口籠もる。

「申し訳ございません、そこまでは」

いやすまぬ、と声を呑み込んで、三左衛門は囲炉裏のあたりを見るともなく見つめる。かりに聞いたことがあったとしても、縁もゆかりもない侍の名などすぐに忘れてしまうだろう。問い詰めるのは酷というものだった。

すこしは落ち着いたと感じた気もちが呆気《あっけ》なく崩れ、波立ってくる。不確かな話ではあろうが、百姓たちの噂が意外に正鵠《せいこく》を射ているという経験は、この三年で何度か味わった覚えがあった。たいした関わりなどないように見えて、家中の動静は民草《たみくさ》の暮らしにつながることが多いから、軽んじていいものでもない。

――もし、城下の動きが今宵の兇刃《きょうじん》につながるとしたら……。

なぜ今ごろ襲ってきたのか、と感じた不審に答えが見出される気がする。つまり、三左衛門にも召し返しの動きがあり、それを喜ばぬ者があるという解だった。あくまで想像でしかないが、辻褄は合う。

――さて……。

左手の指さきで顎を押さえ、思案をめぐらせる。考えにふけるときの癖だったが、村に来てからこのしぐさを取るのは初めてかもしれぬ。なにかを考え詰める必要すらない無限の刻が積み重なっていた。

野瀬さま、と弥平が案じげな声をこぼす。その響きに弾かれたかのごとく三左衛門は起《た》ち上がった。おそるおそる向けられた弥平の眼差しを見やり、ことば短かに告げる。

「わしは戻る」

四

「も、戻るってどこに」

身をひるがえした背に、上ずった声が投げられる。三左衛門は顔だけで振り向き、ひとの好《よ》さげな丸い瞳を見つめた。

「さきほどの男、あのままにしてはおけぬ」

「そんな――」

ようやく逃げられたんじゃございませんか、と弥平が縋《すが》るように発する。いつも眠そうな目が、別人かと思えるほど大きく見開かれていた。

「その通りだが、対手の意図するところが分からねば、この先うかうかと眠ることもできぬ」

「…………」

「仮にあの男を凌いでも、つぎの討手《うって》が来るようであれば切りがない」

それは、と呻きまじりの声を洩らし、弥平が膝がしらのあたりに眼差しを落とした。

「そうなれば」

三左衛門は声を低め、落ち着いた響きで発した。「そなたたちが巻き添えにならぬものでもない。それは避けたい」

偽善めいた物言いに聞こえるかもしれぬと思ったが、しぜんと口をついて出たことばだった。

むろん、何よりもじぶんが生きのびることこそ望んではいるが、この三年世話になって情が移らぬわけもない。弥平とて、そう感じているから、腕に覚えもないのに心張棒を振り回したのだろう。おのれのせいでこの男に万一のことがあれば、この先ひどく苦い思いを引きずって生きねばならない。それは願い下げというものだった。

弥平にも三左衛門の心もちは伝わったらしい。吐息をこぼすと、おもむろに顔をあげた。瞳の奥に熾火《おきび》の色がかがやいている。

「……お考えは、わしにも分かり申した」

唇を噛み、こうべを傾げる。「ですが、戻っていかがなされます」

「やりようは三つある、と思う」

三左衛門は首肯すると、膝を下ろした。囲炉裏をはさんで弥平と向かい合う。百姓が食い入るようにこちらを見つめていた。

「ひとつは、あの男を説得して仲間に引き入れること」

血色を取り戻しつつある相手の面《おもて》に、あからさまな落胆の色が広がる。三左衛門は苦笑しながら手を振った。「が、これはまずあり得まい……話してすむ相手なら、刺客になどならぬ。ふたつ目は、身動きできぬほど打ち倒し、相手のいのちと引き換えにわけを聞き出すこと」

「死にたくなければ言え、と」

弥平が反芻するようにいった。そうだ、と応えはしたが、じつはこれも望み薄だと感じている。刀をまじえた感触では、そうとうの遣い手と見てよい。さいわい勝てたとして、都合よく対手の動きだけを封じるような運びは、かえって難しいに違いない。

「そして三つ目だが」

三左衛門は、ふかく息を吸って声を止めた。弥平の面を見やり、ひといきに言い放つ。「あの男を斬って、面体《めんてい》と所持している品をあらためる。もし家中のものなら、知りびとという目もあろう。そこから糸を手繰《たぐ》る」

相手がおおきく頷きかえす。結局のところ、これしかないだろうと分かってはいた。おのれの考えを順序立てるため、あえて口に出したところがある。三左衛門はことばを切り、膝をすすめて告げた。

「が、この先は、そなたの関わるべきものではない。ここまでの助力、まことにかたじけなく思うてはおるが、成否どちらにせよ決着のつくときを見はからい、家にもどれ」

「それはなりませぬ」

炎のゆらめきを受けて、中年男の顔が赤らんで見える。いかにも心外という面もちで、口を尖らせた。

「好んでいのちを捨てたいとは毛の先ほども思いませぬが、みすみす野瀬さまを見殺しにするのは、いかにも後生《ごしょう》がわるうございます……嬶《かかあ》も子もおらぬ身ゆえ、もしものとき悲しむものもござりません」

おもわず失笑しそうになったのは、さいぜんおのれの考えたことと弥平の言い分がほとんど同じだったからである。だとすれば、留めても聞くまい。じっさいのところをいえば、助けはないよりあったほうがよかった。

弥平の表情はこれまでになく強張っていたが、それでいてどこか昂揚しているようでもある。おのれも太平の武士ゆえ経験はないものの、いのちの切所《せっしょ》に身を置くと、時にひとはこうして高ぶるものなのかもしれぬ。三左衛門の唇《くち》もとに、うっすらと微苦笑が刻まれた。

「……では、ともに行くか」

へえ、と応えて弥平が嬉しげな笑みを返してくる。つられて三左衛門も面をほころばせた。

――とはいえ……。

転倒しながらも敵の向けてきた切っ先が、目のまえに甦る。弥平に留められたのは、むしろ幸いだったというべきかもしれぬ。あのとき斬りかかったとして、おのれの勝つ姿はどうしても浮かんでこなかった。それほどに隙のない遣い手だということだけ、はっきりと感じている。弥平の意気があがっているのは頼もしくもあったが、それはそれで危ういと思えた。勇んだゆえに陥るものもあるだろう。

が、先ほどことばにした通り、対手を斃《たお》すしかないことは分かっている。この三年、死んだほうがましなどと思って過ごしてきたが、いざ目のまえにそれが迫ると、受け入れる心もちなど端から消し飛んでいた。わしも思いのほか手前勝手な男だったらしい、と苦笑すら浮かびそうになる。

「それで、いつ戻られますか」

弥平が手を擦り合わせ、かすれた声を洩らす。三左衛門は相手の瞳を見据え、ひとことずつ確かめるように発した。

「あまり間を置かず出よう。やつは当地に不案内なはず。夜明けまえのほうが、いくらかなりと、こちらに利がある道理じゃ」

五

小屋にはわずかながら米が残っており、弥平が手早く粥をこしらえてくれた。炭焼きの親爺に申し訳ない気もしたが、温かいものが腹に滲《し》みわたると、ようやく人心地がついてくる。四半刻ほど囲炉裏端で軀を休めたのち、仕度にかかった。すっかり乾いた足袋を履き、蓑をまとい直す。弥平が小屋のなかを見まわし、にわかに顔を明るませた。

「あれを使いましょう」

土間の隅に、箱橇《はこぞり》がいくつか無造作に積まれている。雪山などで荷を運ぶために用いられるものだが、三左衛門は使ったことがなかった。

「橇などどうするのだ」

戸惑いまじりの声で問うと、心得顔でうなずき返してくる。

「あれに乗って、お住まいの近くまで下りましょう。少しでも疲れが少なくてすみますから」

たしかに、わずかなりと余分な力を使わぬに越したことはない。が、橇になど乗ったことはないから、いくらか案じるような心もちが肚の奥でゆらめいた。

面にそうした色が浮かんでいたのだろう、弥平が頬をゆるめて黄色い歯を見せる。

「だいじょうぶでございますよ。村の子どもでも乗っておるものですから」

「そういわれると、かえって気が張るな」

三左衛門は、ことさらおどけたような声を洩らして立ち上がった。「そろそろ参るとしよう。何としても夜が明けるまえに片をつけたい」

月明かりに照らされた雪の坂は怖いほどに静まり、白い原野がどこまでもつづいてゆくように見えた。炭焼き小屋までは歩をはこぶのに精いっぱいで、どれくらい登ってきたのか見当もつかない。

はじめて身を入れた橇はいくぶん窮屈に感じたものの、慣れればどうにかなるという程度でもあった。神山城下もかなり雪は積もるが、平地が多いから橇に乗っているものはいない。山坂の多いこの村ならではというべきだった。

すこしは慣らしておきたいところだが、そのような刻があるわけもない。といって、いちど熄んだ雪がふたたび降りはじめ、いきおいを増している。今いちどこの坂を足で下っていては、あの対手と立ち合う力が削がれてしまうに違いなかった。

「わしについてきてくだされ」

前の橇に乗り込み、弥平がいった。「向きを変えたいときは、軀の重みを反対側にかけます。止まりたいときは、右か左に橇をひねれば、しぜんと」

どうしようもなければ飛び降りてくだされ、と言い残し、橇のなかから両手を伸ばして雪の上に置く。押し出すように力をこめると、呆気ないくらいたやすく滑り出していった。飛び降りる云々は冗談でもないらしいが、そこで傷を負うわけにもいかぬ。馬に乗るようなものかと、見よう見まねで雪を掻いた。

次の瞬間、息が詰まるほどの速さで橇が滑り出す。軀の芯が風に攫《さら》われるようだった。止めてくれと叫びたくなったが、今さらどうなるものでもない。転倒せぬよう、姿勢を低くして行く手をうかがった。前を進む橇は危なげもなく雪の坂をくだってゆく。瞳を凝らして懸命に付いていった。

勧められるまま橇に乗ったことを悔いそうになったものの、しばらく滑っているうち、ぞんがい早くなじんでいると気づく。言われたように重さのかけ方ひとつで向きが変わってゆくとも分かった。ひょっとしたら機嫌を取らなくてすむぶん、馬より扱いやすいかもしれない。

とはいえ、木立ちが密集していれば早々にぶつかっていたろうが、雪をかぶった杉がちらほら目につく程度である。そこは織り込み済みらしく、弥平の橇は流れるように坂道を滑り降りてゆく。舞い上がった雪煙に視界を遮られるときもあったが、どうにか跡を追っていくことができた。

やがて、目のまえを進む橇が滑らかに横腹を見せる。それに倣って片側へ身を寄せると、雪を削りながら三左衛門の橇もゆっくりと止まった。

藁沓のまま飛び降り、周囲を見まわす。いちめん白いものに閉じ込められ、はっきりとは分からぬが、先ほど辿ってきた坂道の上り口あたりではないかと思われた。見間違いでなければ、雪まじりの風を透かし、行く手におのれの籠居らしきものが浮かび上がっている。自信はないが、二十間《けん》ほど先ではないかと思われた。さらに窺おうとするうち雪がいきおいを増し、住まいの在処《ありか》を見失ってしまう。

「これからどうする」

弥平に目を向け、風音に紛れぬよう声を高める。相手は蓑の雪を落としながら、思案をめぐらす風情で前方を見据えた。

「曲者《くせもの》は、まだあそこにいるか、わしの家まで戻ったかのどちらかであろうと存じます」

三左衛門はおおきく首肯してみせる。あのまま昏倒していてくれればさいわいだが、持ち直したとすれば、討ち洩らしたきり引き上げはすまい。対手がこの村で知っているのは、三左衛門の籠居か弥平の住まい、どちらかしかないはずだった。

「どちらだと思う」

今いちど声を張り上げて問うた。そのあいだにも、口のなかへ雪のかけらが飛び込んでくる。間を置かず弥平が応えた。

「お住まいのほうでしょう」

「……なぜそう思う」

「わけは二つございます」

百姓がにやりと笑う。さいぜん耳にした三左衛門の物言いを真似たものらしかった。おもわず口角をあげ、耳をかたむける。

「じぶんが雪に不慣れなことは承知しておりましょうから、動いては危ういと考える……これがひとつ」

「うむ」

「次のひとつ、わしが家は、お住まいより下ったところにございます。炭焼きの小屋から降りてゆけば、どのみち先にお住まいのそばを通りまする」

「それはどうかな」

三左衛門は破顔した。「われらが坂を登っていったことは知らぬはず」

ああ、とつぶやいて、弥平がいくぶん口惜《くちお》し気な面もちを浮かべる。

「たしかに。どうも百姓の浅知恵でございましたな」

「いや、なかなか大したものよ」

言いさして、ふと唇をつぐむ。白銀色にかがやく月光があたりの雪に跳ねかえり、目に痛いほどまばゆかった。

どうかなさいましたか、といぶかしげな声を洩らす弥平にかまわず、掌を空に向ける。降りつのる雪片を見つめ、ひとりごつようにいった。

「この雪はいつから降っておったかな」

「……夕刻からでございましょう」

弥平がどこか不安げに発して首をかしげる。三左衛門は掌に乗った雪を潰すようにして拳をにぎりしめた。

「いや違う。いちど熄み、炭焼き小屋にいるうち、また降り出したのだ」

「…………」

「雪で消えるまえに、われらの足跡を見つけたとしたら――」

言い終えぬうち、凍えた大気を裂くような音が耳を打つ。間を置かず、雪中とも思えぬ熱い痛みを左肩のうしろに感じた。おもわず呻き声をあげて膝をつく。わっという弥平の叫びを掻き消すごとく、つづけざまにおなじ音が起こり、かたわらに矢が突き立った。

六

振りかえると、雪を掻き分けるようにして頭巾の侍が近づいてくる。白く乱れる風の向こうで、さらなる矢を番《つが》えているのが見えた。

――わしの弓か。

痛みと口惜しさを嚙み潰すように唇をむすぶ。三左衛門の居室に飾ってあったものに違いない。まさか先祖伝来の弓矢で射られようとは思いもしなかった。うろたえて震えの止まらぬ弥平に向かって告げる。

「矢を折ってくれ。短かめに」

「ぬ、抜くのではござりませぬので」

足から力が失せ、立っていられないらしい。弥平も沈み込むように腰を落とした。三左衛門は肚の奥から声を絞り出す。

「それをしては血が噴き出す。ご先祖に申し訳もないが、いまは折れ」

は、はい、と裏返った声をあげて弥平が背後にまわろうとする。同時にあたりの空気がひずみ、三左衛門の藁沓にあらたな矢が突き立った。踵に衝撃が走ったが、藁で勢いが削がれたのか、肩の痛みとはくらべものにならぬ。三左衛門は喉が裂けるほどの叫びを放った。

「折れ、今すぐ」

その言葉が終わらぬうち、痺れるような痛みが全身を貫いた。矢柄が折り取られたらしい。三左衛門は唸り声をあげて起ちあがり、藁沓に突き立った矢を抜くと、刺客のほうへ向き直った。

「の、野瀬さまっ」

「――重代の矢ゆえ三本しかない。これで尽きた」

いまだ腰の立たぬ弥平に声を投げ、雪煙をあげて走り出してゆく。履きなれぬ藁沓で雪中を駆けているから、端からは滑稽なほどのろく見えるに違いない。それでも、刺客と向き合うところまでいたるのに、百数えるぐらいの間もなかった。

対手はすでに弓を捨て、抜き放った刃をかまえている。間合いへ入るまえに、三左衛門も大刀を鞘走らせた。吹きつのる雪を透かし、忌々しげな声を叩きつける。

「弓くらい自分のものを持ってこい」

罰当たりなことをさせおって、と言いざま、頭巾の眉間あたりを目がけて刀を振り下ろした。

さえざえとした音が立って、三左衛門の刃が払い除けられる。対手が嘲るような笑声を洩らすのが分かった。やはり説き伏せる目はないということを、はっきりと感じている。その余地がある太刀捌きではなかった。

三左衛門は八双《はっそう》に構えて後ろにすさり、間合いをはかりながら頭巾の侍と向かい合う。対手はおなじ八双の構えを取ったきり動かず、油断なくこちらに注意を向けていた。

折り取らせたとはいえ、矢の先が肩に突き立ったままだから、絶え間ない痛みに襲われている。蓑の下で綿入れに血が吸われてゆく感触もたしかに覚えていた。

——長くはやり合えぬ。

とっさに覚悟をさだめる。野瀬さま、と叫び声をあげて背後へ近づいてきた弥平に、

「藁沓を脱がせてくれ。足袋もだ」

ひといきで告げた。このままでは、どうしても軀でおぼえた間合いや刀を振るう速さが狂う。対手とおのれの技倆《ぎりょう》、どちらが上か分からぬが、少なくとも藁沓のおもさを引きずったまま勝てる気はしなかった。この足で、じかに地を踏みしめて、ようやく目があると感じる。

「ゆ、指を落としまするよ」

震える声で弥平が言いつのる。遣り取りは聞こえていないはずだが、なにか策でもと不安を

覚えたのか、対手がそろそろと足をすすめてきた。三左衛門は低くおもい声を迸《ほとばし》らせる。

「いのちを落とすよりはましじゃ」

雪風のなかで、弥平が唾を呑む音がたしかに聞こえる。肚を据えたらしく、手を伸ばして藁沓を脱がせにかかった。対手はさらに近づこうとしたが、三左衛門が剣先を前に出して威嚇すると諦めたらしく、いくらか間合いを詰めただけで歩をとめる。そのあいだに弥平は藁沓と足袋を脱がせると、

「どうぞご無事で」

ささやくようにいって、うしろに下がった。三左衛門は前に向けた視線を逸らさぬまま、大きくうなずき返す。

素足で踏んだ雪をつめたいと感じたのはほんの一瞬で、あとは痺れるごとく感覚が失われてゆく。弥平の心配はもっともだが、指が落ちるほどのあいだ撃ち合う余力は、すでになかった。地を踏んでいるという実感すらないまま駆けだしてゆく。頭巾の侍が、構えたままの爪先をいくぶん前に出した。

耳に突き立つような音をあげて刃と刃が撃ち合わされる。そのまま対手のかたわらを走り抜けた三左衛門は、振り返りざま上段から渾身の一撃を放った。

すばやく身をひねった頭巾の正面がこちらへ向き直り、切っ先を突き出す。が、それよりはやく、三左衛門の太刀先が対手の胸元を斬り裂いていた。風音が唸りを増し、絶叫を掻き消す。雪煙を立てて斃れた敵の足が、もつれたように絡まっていた。身についた体捌きより、わ

ずかに藁沓の重さがまさったのだろう。息がとまったかどうか、たしかめる気力もなかった。三左衛門も、そのまま腰をついてしまう。

ことばにならぬ叫びをあげて弥平が近づいてくる。なかば雪に埋もれた三左衛門の足先を取ると、両手でくるんで擦りはじめた。ほとんど何も感じはしなかったが、弥平は倦《う》むことなく摩《さす》りつづける。するうち、痛いような、かすかに温かいような感覚がもどってきた。

「たぶん、だいじょうぶだ……藁沓を」

礼をいいたかったが、その力さえ残っていない。弥平は慌てたように足袋と藁沓を差し出し、丹念ともいえる手つきで三左衛門の足に履かせていった。心もちが落ち着いたせいか、今いちど肩の痛みが襲ってくる。おもわず眉を寄せると、

「早《はよ》う手当てをいたさねば」

弥平が案じ顔でいった。

「いや、そのまえに」

三左衛門は軀を起こし、よろめくような足どりで倒れこんだ侍に近づいていった。剣は抜き、切っ先を対手に向けている。かたわらに跪《ひざまず》き、男が握ったままの大刀を取って放り投げた。おのれの剣を鞘におさめ、頭巾に手をかける。いのちの火はたしかに消えているらしく、あらがう気配は微塵《みじん》も感じられなかった。

骸となってほとんど刻も経っていないのに、頭巾の下からあらわれた顔は、すでに濃い死の色に覆われている。おのれとおなじく四十くらいかと思えるが、白茶けた肌は見ようによって

五十にも六十にも見えた。

すぐには思い出せなかったが、見つめているうち、墨が滲《にじ》みだすように記憶が呼び起こされてゆく。名まえは浮かんでこぬものの、じぶんのあと御弓頭に任じられたものではなかったか。弥平がいうように城下で恩赦が始まっているのだとしたら、三左衛門にも復職の動きがあるのかもしれぬ。その気配を察し、いのちを狙ったものと思われた。

ひどく苦いものが総身に被さってくる。そんなことで、といいたくなったが、家禄を奪われた際の無念を思い起こせば、いちど手に入れた誉れを失いたくない心もちが分かってしまう。おのれがそこまでするかどうかはともかく、武士にとって家とお役目は何と引き換えにしても守らねばならぬものだった。

男の面に今いちど頭巾をかぶせようとした瞬間、雪まじりの強い風が吹きつのる。まるで目に見えぬ手が伸びたかのごとく、三左衛門の指さきから頭巾が引き剝がされた。

とっさにあたりを見まわすと、舞い上がった頭巾が虚空へ吸い込まれるかのように消えてゆく。瞼を閉じてやるべきかとも思ったが、すでに雪が対手の両目をふさいでいた。片手だけあげて拝むかたちをつくる。

座り込んだままでいる三左衛門の腰に、たくましい腕が回された。ことばをかけるまえに、うむ、とひとこえ発して弥平が力を入れる。どうにか立ち上がった三左衛門の肩あたりで、

「お手当てを」

低い声が起こった。三左衛門はうなずき返すと、くだってきた坂のほうへ眼差しを投げ、お

もい吐息とともにつぶやく。

「正直申せば、いささか疲れた……ほんの少しじゃが、橇で参ろうか。せっかく覚えもしたしな」

「承知いたしました。取ってまいりましょう」

弥平が首肯して、歯を見せる。「こう申しては何でございますが、思いのほか、お上手でござりました。はじめてとは見えませぬ」

「なに、ちょっとした骨《こつ》じゃ。馬と同じよ」

そうだ、ことさら弾んだ声をあげる。「助けてもらった礼に馬の乗り方を教えよう」

「お侍でもございませぬのに……」

ためらいがちに応える弥平へ向かって声を高める。

「構うものか。わしとそなただけの密《みそ》かごとじゃ。いずれ赦免が出たら、城下へ遊びに来い」

「――ご赦免が」

弥平の面に、ひときわ明るい色がまぶされた。ええ、きっと参りますとも、と微笑を残し、そのまま駆け出してゆく。

強張りきった心もちが、わずかにゆるむ。三左衛門は降りしきる雪を浴びながら、橇に向かってゆく後ろ姿を見つめていた。

柳しぐれ

一

疼《うず》く右腕をおさえながら、月明かりのない夜道を駆けてゆく。喜三次《きさんじ》は痛みをこらえ、奥歯を噛みしめた。傷口からぬるりとしたものが溢れ、地に吸い込まれるのが分かる。

塒《ねぐら》までは幾度となく辿った道すじだから、新月とはいえ、迷うおそれはなかった。それよりも、着くまえに倒れてしまわないかと案じられる。目から下を覆った布の奥で、喘《あえ》ぐように息が速まっていった。

夜の闇に金木犀《きんもくせい》とおぼしき香りが混じっている。花どころではないが、いやでも気づくほどつよく、あまい匂いなのだった。

今宵《こよい》、忍び込んだ商家で下手を打った。用心棒の浪人に斬りつけられたのである。どうにか難は脱したものの、場数を踏んだ盗人としては不覚というほかない。

日ごろ体さばきには自信があったから、これほどの傷を負ったのは初めてだった。あまり考えたくはないが、三十をすぎて、いくらか動きが落ちてきたのかもしれぬ。そう思うと、奥歯に籠めた力がいっそう強くなり、軋むような音さえ聞いた気がした。

ひたすら動かしていた足がゆるみ、やがて止まる。走るのに疲れたこともあるが、目指すところが近づいてきたのだった。

が、立ち止まったのは、そのためだけではない。行く手はまだ濃い闇に覆われているが、心なしか、ほのかに明るみがただよい、浮かれさざめく響きさえ流れてくるようだった。

喜三次の塒は柳町《やなぎまち》の一隅にある。神山《かみやま》城下きっての花街で、一万坪ほどのなかに百とも二百ともいわれる妓楼《ぎろう》や呑み屋、小料理屋などがあつまっていた。武士と町人とを問わず、日々さまざまな者が出入りするから、身を隠すところとしてはこれ以上ない。さらに用心をして、何年かごとに塒を変えてきたから、足のつきようもなかった。

我ながらうまいことを考えたものだと思うし、じっさい、これまで不都合はなかった。きょうも、ひとつを除けば障りはないはずである。

――この血……。

暗闇にまぎれ、ほとんど見えもしないのに、右腕のあたりへ目を向ける。痛みはいまだ治まる気ぶりもなく、切り裂かれた袖のあたりは血で湿って重くなる一方だった。怪我のひとつやふたつは織り込み済みだが、人目を惹《ひ》くほどの血となると話は別のおもむきを帯びてくる。

喜三次の塒は、柳町の大通りから奥に入った長屋の一軒だった。住人は呑み屋や小料理屋ではたらく者が多いから、夜は留守で昼間は寝ている。やはり盗人の住まいとしては打ってつけだった。

だが、そこへ辿り着くまでには入口の楼門をくぐり、大通りをしばらく進むことになる。みな色と欲に目をかがやかせてやってくるのだから、ほかの者になど注意を払いはすまいが、あいにく今は傷を負い、血を流している。人目に立たぬというのはむずかしいだろう。

とはいえ、引き返すこともならない。気がつくと、迷いながらもふたたび足を動かしていた。

歩をすすめるごと、行く手に明るさが増してくる。いつもは目にするたび、どこか安堵めいた思いを抱く花街の明かりが、今日ばかりは厭《いと》わしかった。

覚悟をさだめ、顔を覆った布切れを剝ぎ取る。面《おもて》をさらすのにはためらいがあったが、武家ならともかく、顔に布を巻いたままではかえって目立つ。これ以上柳町に近くなると、道行く者の目についてしまうだろう。

喜三次は顔から外した布切れを傷口にかぶせ、そのまま何めぐりか回して片手で器用に端を結んだ。間に合わせでしかないが、いちおう斬られたところは隠れている。あとは、血が滲み出してくるまえに塒へ着けば何とかなるはずだった。

夜道をいそぐ足がさらに速まる。ほどもなく、柳町の楼門が行く手に浮かび上がってきた。あざやかに塗られた朱の色が、月もないのに、はっきりと目に飛び込んでくる。建ち並ぶ店先に掛けられた行灯《あんどん》や提灯《ちょうちん》の明かりが楼門の向こうで朧《おぼろ》に揺らめき、夜の底を照らし出しているのだった。

飛び込むようにして楼門をくぐる。むろん、通りの只中を進むことはせず、向かって左に並ぶ店のまえを足早に通り過ぎていった。右側にしなかったのは、そちらに行きつけの一膳飯屋があるからである。

ちらと目を向けると、闇に紛れて藍色の暖簾《のれん》が夜風にはためいている。〈壮《そう》〉という屋号までぼんやりと見えるようだった。板前と店主を兼ねた亭主は偏屈な男だから、客を送って外に出て来るような気の利いた真似はすまいが、用心に越したことはない。

小さな店のあつまる一郭を抜けると、遠目に煙草屋《たばこや》が見えてきたところで通りを横切る。吸いもしないのにときどき冷やかす店だが、いまは板戸も閉まり、ひっそりと静まっていた。この角を曲がると、喜三次の住む長屋まではほどもない。胸の奥からようやく吐息がこぼれ出た。

と同時に、腕の疼きが甦ってくる。柳町の大通りを抜けるほうに気を取られ、しばし忘れていたらしい。とはいえ、痛みが軽いわけではなく、それだけ心もちを張り詰めさせていたのだろう。

ほとんど明かりの差さぬ路地に入り込み、ふたたび足をすすめる。じき塒というところで、いきなり手前の腰高障子がひらき、黒い影が飛び出してきた。かるくぶつかった勢いで、右腕にいっそう痛みが走る。あっと叫んで、腰をつきそうになるところをあやうく堪えた。

「ごめんなさいよ」

影が発した声は女のものだった。舌打ちのひとつもしたくなったが、悶着を起こすわけにはいかない。

喜三次は背すじを伸ばすと、

「気ぃつけなよ」

何げない口調でいって、今いちど歩きだす。女のほうを振り返りはしなかった。疵は、すぐそこまで近づいている。傷の手当てをすませたら、思うさま寝こけるつもりだった。

二

心ゆくまで眠るはずが、腕の痛みに引きずられ、時おり目を覚ましてしまう。結局、それほど遅くない刻限に床を離れたうえ、頭の芯に鈍い重さが残っていて、どうにも寝た気がしなかった。

何か腹へ入れようと米櫃《こめびつ》のなかを覗く。物覚えのいい方ではないが、こんな時ばかりは思っていた通りで、底にひと粒ふた粒残っているばかりだった。

ないと分かると、よけいに空腹がつのってくる。飯屋にでも行くかと、血のついた着物は注意深く替え、寝起きでふらつく足を引きずるようにして表へ転《まろ》び出た。

まだ昼にはなっていないが、秋とも思えぬ湿った大気が肌にまとわりつく。きのうぶつかった女の家とおぼしきあたりを通るときは心もちが張り詰めたものの、もう出かけたのか、まだ寝ているのか、なかでひとが動いている気配はなかった。

角まで来ると、ちょうど店先に出ていた煙草屋のあるじと目が合う。亀蔵《かめぞう》という名で、三十を過ぎたところだが、齢が近いせいもあって、見かければ気安くことばを交わす仲だった。

「いいお日和ですな」

亀蔵がおざなりな挨拶を口にする。喜三次はうっそりと空を見上げ、

「そうかい。こっちは蒸し暑くって仕方ねえぜ」

と応えた。相手は恐縮するでもなく、

「寄ってきませんか」

目顔で店のなかを指し示す。

「吸わねえって知ってるだろうが」

すげなくいうと、亀蔵がにやりと笑ってみせた。そうすると、もともと強面《こわもて》の人相が、よけい取っつきにくくなるが、本人は意に介するふうもない。てらいもなく言い放った。

「閑《ひま》なもんでね」

おれぁ閑つぶしの種かよ、と失笑しながら、店のなかに入り込む。こう明け透けにいわれると、かえって悪い気はしなかった。空腹に急かされ出てきたが、まだ飯屋は開いていない時分だと気づいたこともある。

「せっかくだから、刻みでも見ますかい」

向かい合って座ると、亀蔵がちらと棚のほうへ目を走らせる。

「だから吸わねえんだって」

苦笑まじりにいなすと、

「そうでしたね」

しらじらしくひとりごち、かさねて勧めはしなかった。どうせ、言ってみただけのことに違いない。

「景気はいかがです」

さして関心もなげに相手が問う。喜三次は鼻で嗤《わら》うと、

「遊び人に景気もないもんだ」

ことば短かに告げた。違《ちげ》えねえ、と亀蔵がわざとらしい笑声を洩らす。

この界隈では、いちおう遊び人ということになっている。大工だの錺《かざり》職《しょく》だののふりをしようかとも考えたが、ちょっとした遣り取りから、ほころびが出ぬものでもない。この方が堅いと思ったし、今のところそれで間違ったということもなかった。

「何か目新しい話はねえかい」

世間話めかして探りを入れる。昨夜の騒ぎが広まるとしたらもう少し先だろうが、商いをしている者は何かと耳が早い。

「そういや、血が落ちてたねえ」

亀蔵がぼそりといったことばに、おもわず身が竦《すく》みそうになる。

「どこに」

ことさら落ち着いた声をつくって尋ねた。

「朝、店のまえを掃いていたら、ぽつぽつと」

物騒なことじゃなきゃいいんだがね、といって、亀蔵が煙管《キセル》に刻みを入れる。火をつける

と、少し苦みをふくんだ香りがあたりにただよった。

「餓鬼《がき》の鼻血かなんかだろうさ」

われしらず顔を背けていったが、相手はそのしぐさを勘違いしたらしく、

「ひとが吸うのは構わないんでしたよねえ」

念を押すようにつぶやき、その割にたしかめもせず煙管を咥《くわ》えた。

「ああ、そういやあ」

話を逸らそうとして、いくぶん声が高くなる。亀蔵がおどろいたようすで口から煙管を離し、奥まった目を広げた。

「五軒ほど奥に女が住んでいるだろう」

何げなく発したつもりだが、上ずった調子を抑えきれなかった。相手が心得顔で笑ってみせる。

「ええ、住んでますねえ」

「にやにやすんじゃねえよ」

眉をひそめて言い捨てると、こんどは乱杭歯《らんぐいば》を見せ、かえって笑みを大きくする。

「いや、さすがお目が高いと思いまして。おなおさんといったかな、小料理屋だか呑み屋だかに勤めてるはずですが」

「よく知ってるじゃねえか、ここの客なのかい」

探る口調にならぬよう、むぞうさに付け加える。「ちょいといい女だと思ってな」

とはいったものの、これは亀蔵の物言いからとっさに推しただけだった。あの女と出くわすのははじめてだし、夜目のうえ傷を負っていたから、顔などはっきり見えるわけがない。が、あるじは我が意を得たりというふうに幾度もうなずいた。

「ごくたまにですが刻みを買いに。こう、煙管の持ち方もさまになってててね、どうかすると、むしゃぶりつきたくなることがありますな」

「やってみねえ」

いや、そういうわけにも、と身をくねらせながら亀蔵が煙管を置く。脂下《やにさ》がるとはこういうことかと思える面《つら》を横目に、

——なお、か。

喜三次は女の名を反芻していた。

血が落ちていたという亀蔵の話が心にかかっている。なおも気づいたろうかと思った。が、なまじ下手に探りを入れると、藪をつつくことになりかねない。しばらくはようすを見るほうがいいだろう。

「そろそろ行くぜ」

いいざま立ち上がると、亀蔵がつまらなそうな面もちをあらわにする。よほど退屈しているらしいが、いつまでも付き合ってやる気はない。またな、といって暖簾をくぐった。

表に出ると、やはり真夏のような日差しが容赦なく目を射る。つかのま眩《くら》みそうになったが、かまわず足を踏み出した。

歩き出すと、あらためて空腹が募ってくる。それなりに話し込んでいたから、刻《とき》も経っているに違いない。熱い味噌汁と炊き立ての飯が早く食いたかった。

三

喜三次がなおという女とふたたび顔を合わせたのは、半月近く経った夕暮れどきである。なじみの一膳飯屋で早めの夕飯をすませ、塒に帰ってきた折のことだった。

ぞんぶんに酒でも呑みたいところだが、近ごろ大きな実入りもなく懐が乏しい。まだ早い時刻に飯をすませたのも、まわりの客が呑むのを目にしたくなかったからである。

――そろそろどうにかしなきゃならねえ。

燃えさかるような夕映えを横ざまに浴びながら、柳町の大通りをあゆむ。夜の盛りには間があるが、行き交う人影は少なくなかった。

武家も町人も入り乱れて歩をすすめ、どろりと気だるげな眼差しを浮かべるものもいれば、欲望に滾《たぎ》った瞳を隠さぬものもいる。いずれにしてもこれからお楽しみだろうから、遊ぶ元手もない身としては、癪《しゃく》に障るというほかなかった。

煙草屋の角を曲がろうとして、足を止める。路地の奥からあらわれた相手もこちらに気づいたらしく、おなじように歩みをゆるめ、かるく会釈してみせた。

「おや、毎日蒸し暑うございますねえ。秋だってのに」

婀娜《あだ》な口ぶりで声をかけてきたのは、間違いなく、なおだった。

斜光のなかであらためて見ると、齢は二十七、八といったところだろう。痩せていて胸は薄いが、背が高かった。喜三次も小柄な方ではないが、目のあたりに女の髷《まげ》がある。ゆたかな髪が隙なく撫でつけられ、夕間暮れの光を浴びてかがやいていた。

どちらかといえばきつめの顔立ちをしているなかで、黒目がちの瞳が目を惹く。亀蔵はむしゃぶりつきたいなどといっていたが、それほど大げさでもなかった。

「ああ、まったくだ。冷や酒でも呑みたくなるな」

油断なく相手のようすを窺いながら、相槌ともいえぬものを返す。とくに怪しまれている気配はなく、近所のものに挨拶を述べているだけという風情だった。

「冷や酒ね」

なおは唇《くち》もとをほころばせると、いくらか伸び上がるようにしていった。

「よかったら、飲みに来ませんか。あたしの店に」

べつに客引きするわけじゃありませんけどね、といたずらめいた笑みを浮かべる。「呑み屋で働いてるもんですから」

この女に誘われて否をいう男はまずいないだろうが、いまは先立つものがなかった。喜三次は内心で臍《ほぞ》を噛みながら、

「気が向いたら寄らせてもらおうか」

ことさら素気なく告げて足を踏み出す。女はちょうど店にいくところなのか、食い下がるこ

ともなく、小腰をかがめて通りに出た。見送るともなくその後ろ姿を目で追っていると、なおがおもむろに振りかえる。そのまま、うすい唇をひらいていった。

「〈波川《なみかわ》〉って店です。賢木《さかき》って名高い料亭がございましょう、あの五軒ほど手前。そのうちぜひ」

あたしがいえば、つけも利きますよ、とかるい笑声を洩らす。返事をするまえに、背の高い影が通りをゆく人の群れに呑みこまれていった。

四

言われた通りのこのこ出向くのは業腹だが、結局じぶんが〈波川〉とやらに顔を出すことも分かっていた。その店に足を向けたのは、なおに声をかけられてから三日ほどのちのことである。

灯ともしごろというのだろう、夕暮れの朱と薄闇の藍が分かちがたく混じり合い、柳町の大通りを染めている。喜三次は、なおの教えてくれた料亭を目当てに町の奥へ歩をすすめていた。

なかに入ったことはないが、〈賢木〉は、柳町でも知られた老舗だから目印としてはこれ以上ないものである。そこから五軒手前といわれれば、迷いようもなかった。

腰高障子に〈なみかは〉と書かれた店構えが目に入り、足を止める。なんの変哲もないたたずまいで、知らずに前を通れば行き過ぎてしまうだろう。

つかのまためらいを覚えたものの、ここで引き返すわけもない。喜三次は戸にかけた手をいきおいよく横へ引いた。

「いらっしゃい」

なかに入った途端、なおが声をかけてくる。息がかかるほど近くだったのでおどろいたが、土間に卓が三つ四つならんでいるだけの小さな店だから当たり前ともいえた。

あら、と小声でささやき、女が顎を引いてみせる。来てくれたのね、などとなれなれしげにいわぬのは、ほかの客を慮《おもんぱか》ったものだろう。人あしらいには長《た》けているようだった。

空いている卓に腰を下ろすと、なおが小鉢を運んでくる。切った胡瓜《きゅうり》が盛られていたが、酢和えにしているらしく、つんとした匂いが鼻を突いた。さっそく一切れ口に入れると、舌の上にほどよい酸味が広がる。手もと不如意なのも忘れ、にわかに酒が吞みたくなってきた。

「〈天之河《あまのがわ》〉と〈海山《かいざん》〉のどちらがいいかしら」

見はからったように、なおが物慣れた口調で問う。喜三次はしばし考えたのち、

「〈天之河〉にしようか。あと、肴《さかな》をなにか見繕ってくれ」

と応えた。酢の物には、少し甘めの酒が合うように思ったのである。

なおも同じ考えだったのか、笑みを見せて板場のほうへ戻ってゆく。ちらりと見えた板前らしき男は四十後半といったところか、巨漢といっておかしくないほど背が高く、肩の肉も厚かった。

——できている感じはしねえな。

とっさに推し量っている自分に気づく。べつに惚れているわけではないが、いい女がひとりなのかどうかは誰しも気にかかるところだった。

ほどもなく、なおが胸元に盆を掲げて近づいてくる。徳利と盃のほか、揚げた鰍《いなだ》が何切れか皿に載せられていた。そういえば今ごろが旬だったな、と思った途端、空腹が頭を擡《もた》げてくる。

「ごゆっくり」

と声をかけて、なおが遠ざかってゆく。ほんとうは酌のひとつもしてほしいところだが、そういう店ではないのだろう。粋を気取っているわけではないものの、無理強いするほど野暮でもなかった。

盃に〈天之河〉をそそぐと、とくとくと小気味よい音が耳を撫でる。ひと口ふくんでから、鰍の揚げ物を齧《かじ》った。魚が淡白だから苦めの〈海山〉がよかったかなとも思っていたが、これはこれで互いの旨味を引き立て合っていると感じる。

女に引かれて来てみたものの、この店は当たりのようだった。行きつけの一膳飯屋は肴の旨さが捨てがたい店だが、亭主の仏頂面も見飽きている。何ならそろそろ宗旨替えしてもいいなと思った。

懐の寒さも忘れて盃を重ねるうち、ほどほどに入っていた客がひとり減りふたり減りして、自分だけになっている。柳町のなかでも奥まったあたりだから、ここまで飯を食いに来る一見《ふり》の客はそれほど多くないのかもしれない。ますます贔屓《ひいき》にしてやろうかという気になった。

「だいぶお過ごしのようですね」

気がつくと、かたわらに立ったなおが窺うようにこちらを見下ろしている。そろそろ店じまいかと立ち上がろうとしたものの、言われたとおり呑みすぎたらしい。足がもつれそうになって、卓に手をついた。

支えようと伸ばしたなおの指先が、小袖の上から先日の傷に触れる。酔って堪《こら》え性《しょう》がなくなっていたと見え、

「痛《いて》えっ」

じぶんでも驚くほど大きな声が出た。あわてて口をつぐんだが、

「おや失礼、よほどお痛みのようだねえ」

女が唇もとに含み笑いを滲ませる。あるいはこの傷をたしかめるためか、と背すじを竦ませ身構えようとした。が、足先に力が入らず、肩を傾がせよろめいてしまう。

「てめえ、まさか、この酒になにか……」

喘ぐようにいうと、なおが盛大な失笑を洩らした。

「そんないかにもなこと、恥ずかしくてできやしない。あんたが勝手に何杯も呑んだんじゃないか」

半信半疑ながら、いくらか安堵の心もちが湧く。音を立てて床几《しょうぎ》に腰を下ろすと、知らぬ間に大男が板場から出て店の隅に控えていた。やはり雄偉《ゆうい》というほかない軀《からだ》つきで、男がそこ

にいるだけで圧倒されるものを覚える。こんなにごつい奴が、よくあんな旨い肴を作れると妙に感心する思いだった。

「この間ぶつかったあと、あたしの袖に血がついててさ」

なおが上体を寄せてささやく。かすかな汗の匂いが鼻腔をくすぐった。喜三次は舌をもつれさせながらも、かろうじて応える。

「そいつは帰り道で――」

「転んだにしては、落ちていた血の跡も多かった」

さえぎるように女の声が響く。「斬られた傷だね、それくらい分かる」

だったらどうなんだよ、といいたかったが、なぜか抗いがたいものを感じた。返すことばを失い、黙り込んでしまう。大男のほうに目を走らせると、心もちのうかがいにくい表情をたたえ、腕組みしてこちらを見据えていた。

「あの日、信濃屋《しなのや》に賊が入ったらしいね」

ごくさりげない口調で、なおがつづける。足がふらつくほど呑んでいたはずだが、すっかり酔いがさめていた。信濃屋というのは、神山城下きっての富商で、北前船の交易を一手に取り仕切る廻船問屋である。喜三次が忍び込んだ先に相違なかった。が、証しなどあろうはずもない。

「知らねえな」

どうにか返したものの、こぼれ出た声がひどくか細くなっている。舌打ちを洩らしたかったが、それさえうまくいかなかった。

唇をゆるめたなおが、ふっとやさしげな調子になってつぶやく。

「安心しなよ、奉行所の手先なんかじゃない」

「…………」

おもわず唾を呑み込んだ喜三次の面に、女がさらに顔を近づける。息の熱さまで伝わってくるようだった。

「その逆だよ」

「逆って……」

発した声がぶざまに裏返っている。隅に控えたままの大男が、苦笑をあげた。なおはそちらを振りかえることもなく、ひといきに告げる。

「皆までいわせる気かい、無粋な男だねえ」

大げさに溜め息をこぼし、ためらいもなく付け加えた。「つまり、ご同業ってことさ」

五

昼日なかから呆けたような足どりで柳町の大通りを歩く。道行くひとに幾度かぶつかり、舌打ちされたりきつい目で睨まれたりしたが、それで我に返るということもなかった。

昨夜聞かされたところによれば、なおと大男はやはり盗人で、もう何年も前からあの店を隠れ蓑に神山城下を荒らし回っているという。いまの町奉行は名判官と評判の人物だが、それを出し抜いているのだから、そうとうの腕前に違いなかった。

「しくじったのは残念だけど」

あのあと、なおは自分のことでもあるかのごとく、悔しげにいった。「用心深い信濃屋相手にあと一歩のところまで迫ったというじゃないか、たいしたもんだよ」

肝が縮む思いながら、誉められて悪い気はしない。相手が目につくほどいい女ならなおさらだった。煮えたぎった湯と氷水をいっぺんに浴びせられたような心地で押し黙っていると、

「お前《めえ》を一味に、といっているのよ」

それまでひとことも発しなかった大男が、低い声でいう。腹を揺すぶるような重い響きだった。

「一味……」

木偶《でく》のごとく繰り返しながら、女のほうへ目を戻す。なおが、その通りというふうに顎を引いてみせた。

「もうひとり、腕っこきの爺さんがいたんだけど、去年亡くなっちまってね。ふたりだけじゃ、やりようも限られるし、だれかいないものかって探してたんだよ」

「おれは、もうちっと様子を見てからでも遅くはねえっていったんだがな」

大男がいくらか不満げに洩らす。

その話はもうすんだはずだろ、と口を尖らせたなおが、上目遣いになってつづけた。

「あんたの気もち次第だけど、考えちゃくれまいかね。もちろん、嫌なら訴えるなんて野暮なことはいいやしないさ」

柳町の総門が目に入ると、われしらず歩みがゆるやかになる。夜の灯りに浮かび上がったときとは異なり、昼下がりの陽光を浴びた朱塗りの楼門は、どこか儚《はかな》げな空気をまとっていた。心なしか、隈なく塗られた朱の色もいくぶん褪せてさえ見える。

行きつけの飯屋はこのすぐ近くだが、今日は寄るつもりがなかった。追われるように楼門をくぐる。

神山城下いちの遊里とはいえ、一歩足を踏み出せば、眼前にはさびれた田舎道が広がっている。見上げんばかりに聳《そび》える松の梢《こずえ》から木洩れ日が降りそそぎ、喜三次の目を射た。かわいた草の香があたりに立ち込め、どうかすると息が詰まりそうになる。

四半刻も歩くと、ひと跨ぎできるくらいの小川に行き当たる。底が見えるほど澄んだ流れのなかを山女魚《やまめ》の白い影が躍るように擦り抜けていった。

申しわけ程度にかけられた橋を渡ると、いつのまにか首すじに汗の粒が浮かんでいる。川べりにしゃがみ込み、掌《てのひら》で掬《すく》った水を顔にかけた。

背後にひとの気配を感じ、袖で顔を拭きながらすばやく立ち上がる。振り返ると、四十前後とおぼしき武士が懐手のまま所在なげにたたずんでいた。橋を渡ろうとして待っているようにも見える。

「こいつはご無礼を」

低頭して脇によけると、懐から小さく畳んだ紙片を取り出し、かたわらに置く。武士は手を伸ばしてそれを取り上げると、素知らぬ体《てい》で橋板に足をかけた。そのまま軋むような音をあげ、古びた橋を渡ってゆく。

ほかに人影はなく、武士が通りすぎると、静寂が前にも増してふかく身に迫ってくる。喜三次はこうべをあげ、すでに空っぽとなった橋を見つめた。川べりの木立ちからは、百舌《もず》の啼《な》き声が降りかかってくる。今日はいつになく耳に障る気がした。

先ほどの武士は町奉行所の同心《どうしん》で、沢田弥次郎《さわだやじろう》という名である。紙片には、ここまでの進み具合がかんたんに記してあった。

三年まえ、もともと盗人だった喜三次はこの男に捕えられ、罪を見逃がされるかわりひそかに手下として抱えられた。もちろん、町奉行の許しも得てのことで、こうした扱いを受けているのは喜三次ひとりにかぎらない。

なおと大男は、〈兎《うさぎ》〉という符牒で呼ばれていて、幾度となく神山城下を騒がせている一味だった。あとひとり老爺がいたが、去年死病に取り憑かれた際、医師から不審があるという知らせを受け、沢田が調べに乗り出したのである。

裏長屋住まいにもかかわらず、いちども診療の払いが滞らなかったことを怪しまれたというが、まこと、どこから水が洩れるか分からない。滞れば滞ったで目を惹きかねぬし、ゆえに身ぎれいな払い方をしていたのだろうから、むずかしいものだった。

沢田は老爺の身辺を洗わせ、〈波川〉の男女に狙いを定めた。なおの住まいも突き止めたが、たやすく証しをつかませる相手ではない。現場を押さえるため、おなじ長屋に喜三次を住まわせたうえ、あえて信濃屋に忍び込ませて〈兎〉が食いつくよう仕向けたのである。もちろん、あの時刻になおが家から出てくることも織り込みずみだった。

信濃屋じしんには内密にしたまま、沢田が用心棒に金をつかませた。かすり傷を負うという手筈だったが、思っていたよりも斬られたのは不覚という以外ない。盗人を捕えるごとにまとまった金をもらえる仕組みだから、喜三次としても、〈兎〉をお縄にするくらいの手柄をあげなければ引き合わなかった。

「いい返事が聞けてうれしいよ」

なおが声をはずませていった。どこか躍るような心地とくすぐったさが混じり合い、胸の奥を這いずり回る。女のいうことをすべて真に受けるほどめでたくはないが、いやな気がしないのも確かだった。

繁蔵《しげぞう》と名のった大男のほうは、あいかわらず強面を崩そうとしないかわり、不機嫌そうな気配も伝わってこない。諸手をあげて、とまではいかぬが、歓迎されていないわけでもなさそうだった。

店の閉まるころを見計らって〈波川〉をおとずれ、一味にくわわると告げたのである。話を持ちかけられて一昼夜しか経っていないから、向こうも驚いたようだが、それ以外の思案などない。焦《じ》らすのは性に合わなかった。

「さっそくだけど」

客のいなくなった卓をかこんで、なおがいう。大男が頭《かしら》なのかと思っていたが、むしろ、この女の方がことを進めているようだった。

「大和屋《やまとや》は知ってるだろ」

なおのことばに応えて顎を引く。信濃屋ほどではないにせよ、大和屋は名だたる富商のひとつで、藩の器物御用も務める大店だった。

「まさか、あそこを狙ってるのか」

つい声が上ずってしまう。信濃屋に忍び込んでよく分かったが、名の通った大店はやはり備えが堅い。商いに長けたところは、おしなべて油断をしないものらしかった。金を持っている奴は、そうやって日増しに懐を肥やしていく。実入りの大きさに釣られて盗みを目論む輩も多いだろうが、そう甘くはなさそうだった。

「いいたいことは分かる」

喜三次のようすを見た繁蔵が、重みのある声で告げる。「おれたちも馬鹿じゃねえ。仕込みは抜かりなくやっている」

まだくわしくは話せねえがな、といって、どこか得意げに鼻をうごめかせた。

――手引きするやつがいるんだな。

喜三次も素人ではない。たやすく見当がついた。なおたちと通じる者が大和屋のなかにいるのだろう。そうでもなければ、あれほどの大店にいきなり押し入ってうまくいくわけはなかった。

「そこまで仕込んでるなら、おれがいなくても構わないんじゃねえのか」

ふと疑問に思って問うと、

「近所の煙草屋ならともかく」

亀蔵の店を思い浮かべているのか、なおがにやりと唇もとをゆるめていった。「相手は大店だ。見張りだって要《い》り用になるし、ふたりじゃ心もとない」

大男と顔を見合わせてうなずき合う。喜三次を見込んでということのようだった。嬉しさめいたものを感じぬではないが、信濃屋から大枚をかすめ得たわけではないのだから、どことなく居心地悪くもある。さらにいえば、現場を押さえて奉行所へ引き渡すのだから、すまぬような気もちさえあった。

が、今さらそれをいっても始まらない。大和屋への仕込みもそれ相応の刻をかけてきたに違いなかった。なおたちも、期するものがあるだろう。一味へくわわると申し出た以上、喜三次が留めるわけもない。

「で、いつやるんだ」

ふたりの顔にかわるがわる目をやりながらいう。なおが、身を乗り出して口火を切った。

「あまり明るすぎても暗すぎても具合がわるい。新月のすこし前くらいがいいんじゃなかろうかね」

「というと」

首をひねっていると、繁蔵が心得顔で上体を寄せてきた。店のなかだから見えもしないのに、空を仰ぐようなしぐさをしていう。

「七日後あたりでどうだ」

六

思い思いの暖簾をひるがえす大店が、幅の広い通りをはさんでいくつもつづいている。朝もはやい時刻だが、行き交う者は途切れる気配を見せぬ。とくに呉服屋とおぼしき暖簾をくぐる女たちは歓声をあげ、瞳をかがやかせてさえいるようだった。

神山城下で大店のあつまるあたりは本町《ほんまち》と呼ばれている。なおたちが狙いをつけた大和屋はこの一郭にあり、きょうは三人して下見に訪れたのだった。

先日忍び込んだ信濃屋もおなじ町内ゆえ、いやでも前を通る。顔は見られていないはずだからびくびくする必要はないが、どことなく落ち着かぬ心もちになっているのは否めなかった。

「そわそわしてると怪しまれるよ」

かたわらを歩くなおが、信濃屋の看板と喜三次を見比べ、からかうふうな口調でささやく。おもわず、むっとなって顔をしかめた。

「そう思って見るからだろ。素人じゃあるまいし」

やはり肩をならべる繁蔵は口をはさまず足を進めていたが、よく見ると口もとが皮肉げにゆがんでいる。侮られてたまるかと、ことさら胸を反らすように歩いた。

するうち、めざす大和屋の暖簾が目に入ってくる。信濃屋とは、大通りをはさんだ向かい側の並びに位置していた。ご近所というほどではないが、そう遠くもない。

器をあつかう店だけに、客も女の方が多い。外からうかがっているだけでも、長屋住まいと思える老女から、武家の女中らしき少女まで、さまざまな客が出入りしているのが分かった。

通りの反対側にたたずみ、しばし店先を見やる。ややあって、なおが店のほうへ歩きだした。追いかけるように後へつづく。客のふりをして中に入るのかと思ったが、そのまま左手に覗く小道へ足を向けた。

「店はいいのかよ」

声を低めて問うと、

「正面から押し入るわけじゃない。ひょっとしたことで顔でも覚えられたら厄介じゃないか」

あたしたちは用心深いのさ、といって小暗い路地に入ってゆく。黒い板塀に沿って歩む足どりが、まるで猫のように見えた。

なるほどな、と今さらのごとく感嘆めいた思いが湧く。この稼業に手を染めて十年以上になるが、だれかと組んだことはない。それでいいと思っていたし不自由もなかったが、なおたちと行をともにしたことで、今まで顧みなかったものを目の当たりにしているのは確かだった。

おのれもそれなりの腕前だという自負はあるが、なおたちほどの周到さはなかった。ここまで前もって支度をしていれば、沢田の配下となることはなかったかもしれぬ。

「……ぼうっとするんじゃねえぞ」

背後から繁蔵の声が響く。せまい道だから、しぜんと一列になって進んでいた。塀の向こうから伸びる欅《けやき》の葉叢《はむら》が日をさえぎり、夜かと思うほどあたりが薄暗くなっている。

「してねえって」

すげなく応えはしたが、いくぶん上の空になっていたのも本当だった。肴の味つけといい、図体のわりに細かいところへ気がつく男だ、と舌打ちしそうになる。とはいえ、そういう一味だから、これまでお縄になりもせず神山城下を跳梁《ちょうりょう》できたのだろう。

前を歩くなおが足を止め、行く手を指し示す。いわんとしていることは分かったから、われしらず面もちがあらたまった。

そこから二十歩もすすまぬうち、裏木戸らしきものが目に入ってくる。当日は、そこから忍び込むということらしい。中から閂《かんぬき》を外してくれる誰かがいるに違いない。

通りすぎようとしたなおの足先が、つかのまぴくりと強張る。おもむろに木戸がひらき、なかから女中がひとりあらわれたのだった。

買い物でも言いつかったのだろう、ちいさな籠をさげ、伏し目がちにこちらへ向かってくる。とくに怪しまれている気配はなかったが、鼓動がはやまるのはどうしようもなかった。

歩き方が変わらぬよう、ことさら無造作に足をすすめる。女中はかるい会釈だけ残し、軀を斜めにすると、狭い道を擦れ違っていった。

そのまま路地をゆくと、ほどなく出口が見えてくる。かすかに覗く地面は白い陽光に焙られ、まばゆくかがやいているようだった。

もう大丈夫だろうと思い振り返ると、やはり女中の姿はどこにもない。大通りに出て買い物先へ向かったのだろう。

「振り返るんじゃねえ」

繁蔵が野太い声でいった。喜三次は首をすくめ、わざとらしいほど明るい声をあげる。

「あんたこそ、そわそわしてると怪しまれるぜ」

なおの肩が大きく揺れ、楽しげな笑声がこぼれるのが分かった。

七

顔をあげると、黒く沈んだ夜空に二十六日の月が上りはじめている。すでに深更《しんこう》といったところらしい。それを合図としたかのように、繁蔵がうっそりと立ち上がった。

店をはやめに閉めて柳町を抜け、城下の一隅に設けられた材木置き場に潜んでいたのである。大和屋のある本町は、ここからほど遠からぬところにあった。

なおが先頭に立ち、喜三次、繁蔵の順につづく。月はほの白い光を放ち、人気のない通りをうそ寒く照らし出していた。左右に軒を連ねる大店は、巨大なけものが寝静まってでもいるかのように見える。見渡す先まで溟《くら》い影がつづいていた。

三人とも顔かくしの布を用意してはいるが、ここで身につけると、ひと目で後ろ暗い連中だと見当がついてしまう。いまは面をさらしたまま、道をいそぐしかなかった。

いくらか強めの風が真っ向から吹きつけ、砂埃を舞い上げる。肘をあげて避《よ》けながら、喜三次は前をゆく白いうなじを見るともなく見つめていた。

ほどもなく女が顔に布を巻いて顎をしゃくり、通りを右に折れる。喜三次たちもすばやく面を覆い、そのままあとにつづいた。

黒い板塀が路地の奥まで伸びている。行く手は夜の闇に呑まれ、どこまでつづいているのかはっきりとは窺えなかった。それでいて、厚く頑丈な作りの塀であることが、とぼしい光のなかでもあらためて見て取れる。下見に来たおかげで、まごつくこともなかった。むろん、なおも迷いなく路地の先へ進んでゆく。

やがて歩みを止めた向こうに木戸らしきものが浮かび上がっている。唾を呑みこもうとしたが、口のなかがすっかり乾涸《ひから》び、うまくいかなかった。ただの裏木戸が、見知らぬ国へ通じてでもいるかのように感じられる。

なおが木戸に手をかけ、力を籠めて押す。ぎいと音を立て、戸が奥に向かって開いた。こちらに通じている相手は、相違なく閂を外しておいてくれたらしい。

「……なんだい」

踏み込もうとしたなおが、振り返ってけわしい声をあげる。喜三次が留めるように女の手首を摑んだのだった。

「ここで口説こうってんなら、間がわるすぎだよ」

いたずらっぽい調子をたもってはいるが、苛立ちと疑念が隠しようもなく声に含まれている。繁蔵も、喜三次の退路を断つように屈強な軀を寄せてきた。

「おれがいこう」

口説くのはあらためてにさせてもらうよ、といって、なおの手を離し、一歩まえに進み出る。

「なんでさ」

女が胡乱《うろん》げな口調を崩さずにいう。喜三次は木戸に手を伸ばしながら告げた。

「勘だよ、けっこう当たるぜ」

口もとに不敵ともいえる笑みをたたえる。「それに、これくらいしねえと、新入りとしては肩身が狭いんでね」

いいざま、なおの横を擦り抜けるようにして、なかば開いた木戸を押す。かるい軋み音とともに、喜三次はなかへ入っていった。

八

なおと繁蔵がつづく前に、ぴしゃりと木戸を閉ざす。かたわらに落ちていた閂をすばやく通した。

「なんだ、一体どうしたってんだよ」

木戸の向こうから、焦りを滲ませた女の声が響いてくる。喜三次は、眼前に横たわる闇へ目を凝らしながら応えた。

「逃げな、どうも様子がおかしい」

まるでなにかを測るように、鼻をうごめかせる。

「馬鹿いってんじゃねえ」

繁蔵が抑えながらもするどい声を放つ。はげしい怒気をはらんだ物言いだった。「てめえ、ひとりじめする気だな」

「馬鹿はお前さんだ」

喜三次は、幼な子を諭すようにささやく。「ひとりで運び出せるようなお宝じゃねえから、おれを一味に入れたんだろうが。ひとりじめしたいなら、三人でいただいてから、あんたらをどうにかするはずだ」

ことばに詰まった気配が木戸越しに伝わってくる。喜三次は、そのまま押しかぶせるようにいった。

「さっきもいったが、おれの勘は当たる。ここは引き上げてくれ」

「……分かった。けど、あんたはどうするんだよ」

ためらいつつも、なおがきっぱりとした口ぶりで返してくる。さすがに思い切りがいい、と場違いな感嘆の心もちが湧き上がってきた。

「たしかめたいことがある。先に帰っててくれ」

返事を待つまでもなく、路地を駆け去る足音が耳の奥を刺す。その残響が消え去るのを待って、喜三次は爪先を踏み出した。大和屋の絵図は頭に入っている。とぼしい月光の下でも、迷うはずはなかった。

くろぐろと天を指して聳える欅のかたわらを通りすぎ、縫うように中庭を歩んでゆく。時おり梟《ふくろう》の啼き声が谺《こだま》し、ほんのわずかな足音さえ掻き消してくれるようだった。

母屋らしき甍《いらか》のかたちが目に飛び込んできたところで足を止める。間を置かず、喜三次のまわりをいくつかの影が取り囲んだ。

「——どういうことだ」

先頭に立つひとりが進み出て口にする。訝《いぶか》しげな声に、咎めるような気配がふくまれていた。

かすかというほかない月明かりに浮かんだ姿は、先だって、小川のほとりで擦れ違った沢田弥次郎である。喜三次は身をかがめ、恐縮したような声音で告げた。

「申し訳ございません、逃げられちまいました」

「逃げた……」

相手が苛立たしげに繰り返す。「なぜだ」

「なにかおかしいと気づいたようです。なんとも勘のいい連中で」

「勘だと」

声にふくまれた憤りがつよさを増す。腹立ちまぎれに足もとの石を蹴ったらしく、すこし離れたところで乾いた音があがった。瞋《いか》りを抑えることが不得手なのは、この男の常である。そのまま、吐き捨てんばかりにしていった。

「現場を押さえねばお縄にできぬ」

「心得ております」

だからこそ、手前もけがまで負ったわけで、とつぶやき、右の二の腕を押さえる。

「分かっている」

と応えながら、沢田が今いちど舌打ちを洩らした。その背後に手代《てだい》ふうの男が取り押さえられているのは、なおたちに金を握らされ、通じた相手だろう。

〈兎〉の一味を逃がしてしまったのは、気の迷いというべきかもしれぬ。そうすると決めて、ここへ来たわけではなかった。なおが裏木戸に手をかけた刹那、ひとりでに軀が動き、留めていたのである。

いままで沢田の命《めい》を受け、何組もの盗人をお縄にしてきたものの、こんな心もちになったのは初めてだった。気づかぬうちに積もっていた疚しさのようなものが、とうとう溢れ出たのかもしれない。

女に惚れたつもりはなかったが、ひとりで盗みをはたらきつづけてきた身としては、一味のなかにいることがどこかしら心地よかったのも本当である。危ういものを察し、早々に店を畳んで行方を晦《くら》ましてくれればと思った。

「無駄足か」

沢田が忌々しげに発する。おのれの手下が人並みにたくらみを持って盗人を逃がしたなど、考えてもみぬらしい。この同心が、もともとそうした相手だということは分かっている。鼻を明かした格好だが、快哉《かいさい》めいた心もちはいささかも湧いて来ず、どこか虚ろなものが喜三次の背を這っていった。

――このまま、どこかへ行っちまうってのはどうだろう。

ふいに、そうした考えが頭を擡げてくる。それは、はじめて覚えるほどの心地よさをともない、軀のすみずみまで広がっていった。

生まれ育ったところを離れたうえ堅気《かたぎ》になれる自信はあまりないが、女房こどももいないし、持つつもりもない。おのれひとりなら、どうとでもなるだろう。足を洗うなら、ちょうどいい潮どきだった。

「引き上げるぞ」

背後に控えた捕り方に向かい、沢田が押し殺したような声で告げる。そのまま踏み出そうとした足を止め、おもむろに夜空を見上げた。

「おまけに降ってきやがった」

踏んだり蹴ったりとはこれか、とひとりごち、一瞥ものこさず立ち去っていった。

顔かくしの布を取ると、同心のことば通り、月代《さかやき》から額にかけて降りかかってくるものがある。しぐれてきたな、と口中でつぶやきながら、喜三次は面をあげた。

か細かった月さえ、いつしか溟い雲に覆われ、雨が降りはじめている。全身がすこしずつ濡れていったが、ふしぎと寒くはなかった。

――あいつらも、この雨を浴びてるだろうか。

本降りになるかどうかは分からない。が、いまは顔を打つ滴が心地よく、糸のような雨をあたたかくさえ感じていた。

雫《しずく》峠《とうげ》

一

すれちがった女の横顔に見覚えがあると感じ、矢木栄次郎《やぎえいじろう》はおもむろに振り返った。

丈の高い背筋がすっと伸び、手入れの行き届いた丸髷が夏の日差しを受けてつややかにかがやいている。涼しげな藍染めの帷子《かたびら》も質素なものとは見えず、女中をひとりつれているところからして、それなりの家のご内室だろう。

考えをめぐらすうち、女の後ろ姿はすぐに埃っぽい道の向こうへ紛れてしまう。面ざしを確かめなおすことはできなかった。

知らぬ顔ではないと思うが、とっさに心当りが浮かばない。気にはかかったものの、長く足を留めてもいられなかった。行く手に向き直ってしばらく歩き、細い流れにかかった橋を渡ると、じき足軽組屋敷に辿りつく。栄次郎は、そのうち一軒の戸口に立って訪《おとな》いを入れた。

くぐもった応えとともに現れたのは、かさついた肌をした初老の中間《ちゅうげん》だった。万平《まんぺい》という名だが、昔からおそろしく寡黙な男で、馬廻《うままわ》り組・矢木家の婿養子となって生家を離れてから十年以上となるいまも、栄次郎にとってはいささか気重な相手である。今日も、のっそり辞儀をしただけで、そのまま引っ込んでゆく。戸を開けたままなのが、入っていいという印らしい。

栄次郎が土間へ足を踏み入れるのと同時に、奥からさわが顔を覗かせ、まあ、よく来てくださいましたといった。まだ若いころの美しさを残した浅黒い顔が、戸惑いとよろこびを滲ませてこちらをうかがっている。

「ご無沙汰をしております」

栄次郎が頭を下げると、義母もあわてたように礼を返してきた。

「いかがですか、父上のお加減は」

あがりながら尋ねると、さわは、

「……ええ」

ためらいがちに、それだけ発した。快《よ》くはないのだな、と見当がつく。

土間の隅では、万平が所在なげにたたずんでいる。乏しい表情から父のようすを窺うことはできなかった。

栄次郎の気配を察したらしく、奥の障子が開いて兄の甚作《じんさく》が姿をあらわした。陽光がほとんど差しこまぬ屋内にまだ目がなれず、細かい表情までは分からない。来るように促されたことだけ、兄の動きから察しがついた。

父の寝間に入った途端、かすかではあるが、たしかに鼻をつく臭いを感じる。栄次郎は眉をひそめた。

——これが死臭というやつかな。

垢と排泄物の臭いが混じり合ったものだろう。目のまえで古びた布団に横たわる老父から発せられているらしい。家の中ぜんたいが、そうした臭いに抱きすくめられているようだった。やる方ない思いが湧き上がりそうになるのを、かろうじて抑える。

「いまは起きておられる」

甚作が低い声でいった。父は半眼のままで、言われなければ眠っているのかどうか見分けがつかない。日々身近にいる兄だから分かるのに違いなかった。

栄次郎は軽くうなずき、枕頭《ちんとう》に向かって膝をすすめる。皺のあいだに埋もれた瞳は、煤《すす》けた天井を凝視したまま動こうとしなかった。

「父上、栄次郎です」

心もち声を高めると、父の甚兵衛《じんべえ》がぎこちない動きでこうべをかたむけ、こちらを向いた。こんどははっきりと瞼がひらいている。瞳の色が昔より薄くなったように感じたが、父の目などじっくり見た覚えはないから、気のせいかもしれなかった。

甚兵衛は、生気の失せた眼差しで栄次郎を見つめていた。皺ばんだ唇《くち》もとがかすかにふるえ、喉の奥が鳴る。何か口にするのかと待ち受けていたが、いくら経っても父からことばが発せられることはなかった。それが老耄《ろうもう》のためなのか、話すべきことが見出せないのかは分かりようもない。

やがて、力尽きたように老父の瞼が下りる。まさかと一瞬息を呑んだものの、かたわらに坐

した兄が間を置かず、

「お休みなされた」

とささやいた。

栄次郎はみじかい吐息をつくと、今いちど父を見下ろした。黄ばんだ肌のなかで、ほんのすこし開いた唇のまわりが伸び縮みし、いのちのありかを告げているように思える。そのまま寝間を出ると、上《あ》がり框《がまち》に腰を下ろし、履き物に足を通した。

兄とさわが、あらためて見舞いの礼を述べる。義母が遠慮がちに付けくわえた。

「矢木の皆さまにも、どうぞよろしくお伝えください」

「承知いたしました」

栄次郎が低頭しながら応えると、さわはなぜか面《おもて》を伏せ、ことばを継いだ。

「何しろご身分が違いますから、いろいろと難しいこともおありでしょうけど……ああ、先ほど、ゆうも来てくれましてね」

大小を手挟《たばさ》もうとしていた栄次郎の動きが止まる。丈の高い女の後ろ姿と、それを炙《あぶ》るように照りつける日差しのつよさが脳裡によみがえった。

二

上段からの一撃を受け止めると、竹刀を持つ手に痺れるような重さが走った。栄次郎はたたらを踏みそうになったのをこらえ、桐生新兵衛《きりゅうしんべえ》の面に切っ先を向けて牽制する。対手《あいて》は口もとをにやりと歪め、ひと呼吸おいただけで足をすすめてくる。この素早さが新兵衛の流儀だった。栄次郎が押されたかたちであえて一歩引くと、対手は警戒するように歩速をゆるめる。わずかに爪先の運びが乱れた。

その隙を逃がさず、道場の床を踏み鳴らして前に出る。新兵衛の面を目がけて竹刀を振り下ろした。が、それより先に、対手の切っ先が栄次郎の胴を叩いている。負けがひとつ増えたようだった。

栄次郎は一礼すると、道場の隅にもどり、襟もとをはだけて汗をぬぐった。荒い息を整えながら師匠の影山哲斎《かげやまてっさい》とことばを交わしているうち、背後から新兵衛が近づいてくる。

「加山《かやま》の親父どのは悪いのか」

こちらが顔を上げるよりはやく、栄次郎にだけ聞こえる声でささやく。手拭いを使っていた手を止め、新兵衛の目を見つめた。その瞳はかすかに茶がかっており、どこか胸の底をうかがわせぬように見える。

「どうしてそう思う」

そっけない口調でいうと、新兵衛は唇を捩《ねじ》り、

「踏み込みが甘かった」

ことさら揶揄するようにいう。栄次郎は苦笑を返すと、

「すこし呑もう」

ことば短かに告げた。

新兵衛が盃をひといきで呷《あお》り、栄次郎もそれに倣った。暑いさなかながら、ほどよく燗《かん》をされた酒が、喉を這って胃の腑に流れ込んでゆく。〈海山《かいざん》〉という銘柄だが、苦めの味わいが栄次郎の好みに合っていた。

柳町《やなぎまち》の楼門を入ってすぐのところにある一膳飯屋はそれなりに賑わっていたが、小上りにはほかの客もなく、喧噪のなかでそこだけ奇妙な静けさがただよっている。

禁じられているわけではないものの、矢木家百五十石の当主が出入りするような店ではない。妻女のすまが知ったらいい顔はしないだろうが、影山道場の仲間に誘われるまま、月に二、三度は足を向けている。今日のように、新兵衛とふたりで訪れることも稀ではなかった。店主にも顔ぐらいは覚えられているはずだが、三十半ばという齢のわりに何かと弁《わきま》えた男で、狎《な》れた応対をするでもない。そのことも、この店を気に入っている理由のひとつだった。

「親父どのは、まだくたばらんのか」

新兵衛がぶっきらぼうにつぶやいた。あまりに直截《ちょくせつ》な言いように失笑したものの、目くじらを立てる気はない。韜晦《とうかい》であることは分かっていた。

「ああ。だが、それほど先のことじゃなさそうだ」

言い捨ててひとくち喉に流し込む。苦みがいつもより強いように感じた。

「おととい見舞ってきたんだが」

「うん」

うなずきながら、新兵衛が小鉢の海藻を口に入れる。喉が動き、するっと小気味よい音が洩れた。

「起きているのか眠っているのか、もう分からぬようなありさまだ」

「――じきだな」

新兵衛が顔をあげ、やけに真剣な眼差しを向けてくる。「うちは三年前だった」

新兵衛の父親が身罷《みまか》ったのは、やはり暑い盛りで、栄次郎も弔いに参列したが、肌が痛いくらいの日差しだったことを覚えている。

栄次郎の実家ほどではないにせよ、桐生家もやはり軽輩で、三十石の家格である。新兵衛は次男で、婿入り先が決まらぬまま、いまだ実家で冷や飯を食っていた。栄次郎が加山姓を名乗っていたころからの道場仲間で、おたがい三十を越した今でも、竹刀を交えればあっという間もなく若輩のころに戻る。

婿入り以来、呑むときは栄次郎が奢るようになったが、新兵衛は恐縮するふうもなかったし、むしろそれが心地よかった。気安さにつられる体《てい》で、ふっと思い出すままを口にする。

「ゆうに会ったよ」

「ゆう……」

相手が首をかしげる。栄次郎も小鉢に箸をのばしながら話をつづけた。

「ああ、擦れ違っただけだがな」

じきに思いだしたらしく、新兵衛は濃い眉をひらき、めずらしいくらいやさしげな微笑を浮かべた。

「姫のことか」

ゆうは、義母のさわが最初の結婚でもうけた娘で、栄次郎からすれば義理の妹ということになる。姫というのはむろん戯《ざ》れ言《ごと》だが、親しい道場仲間はゆうのことをときどきそう呼んでからかっていた。

おなじ足軽の家からさわが嫁いできたのは、栄次郎が十二のときである。生みの母が亡くなって三年が経っていた。くわしくは聞いていないが、姑との折り合いがわるく、婚家から暇を出されたのだという。が、さわは、栄次郎たちにも分け隔てなく接する、気性のさっぱりした女だった。ようは相性というものらしい。後添えがさわでよかったと、しんそこ思ったものである。

加山の家にさわが入ったとき、ゆうはまだ三歳になっていなかった。剣術に夢中だった栄次郎にとって齢の離れた妹は関心の外で、かまってやった覚えもほとんどない。

だが、長じるにつれ、ゆうは家族のなかでいちばん齢の近い栄次郎と遊びたがり、新兵衛たち道場仲間がやってくると、当然のごとく座に加わろうとした。

そこで悪童たちがおもしろがってつけた渾名《あだな》が〈姫〉というわけだが、華やかな顔立ちをしたゆうには、不似合いな呼び名でもなかった。

「姫は、たしか宮島《みやじま》へ嫁いだのだったな」

新兵衛が遠くを見やるような眼差しでつぶやく。栄次郎は無言のまま顎を引いた。

ゆうが宮島源右衛門《げんえもん》に嫁いだのは三年ほど前のことだった。宮島は矢木よりもさらに上席の家格で、小納戸《こなんど》役をつとめ、石高も三百石である。源右衛門自身が、たまたま町中でゆうを見《み》初《そ》め、ぜひにと望んだらしい。家格のへだたりは、宮島の親類へ養女に入ることで解決された。子どもはひとりさずかったが、生まれてすぐ亡くなったと聞く。

あいにく栄次郎は、出府中の藩主にしたがい江戸へおもむいていたため、婚礼の席にはつらなっていない。そのためもあって、記憶のなかで、ゆうはまだ童女のような、ひとことでは言い難いふしぎな姿を刻んでいるのだった。

「宮島は、もっと出世するだろう」

新兵衛の声が、栄次郎を現《うつつ》に引き戻す。「まさに姫というわけだ」

どこか皮肉っぽい口吻《こうふん》を聞き流し、栄次郎は胸のうちにしまい込んでいたものをいま少し穿《うが》とうと試みる。が、ろくに遊んでやりもしなかったから、ゆうとの思い出はなかなか浮かんでこなかった。

ひとつだけはっきり覚えているのは、矢木へ養子にいく前日のことである。雨の日だったと思う。栄次郎が屋敷の隅で荷づくりをしていると、急に手元が暗くなり、顔をあげるとゆうが黙ってお気に入りの毬《まり》を突きつけてきた。その顔はなぜか不機嫌そうに膨れていて、あきらかに怒っているように見える。義妹がその毬をたいせつにしていることは知っていた。

「くれるのか」

戸惑いまじりに問うと、ゆうは仏頂面のまま頷いたものの、ひと言も発しはしなかった。

それからどんなやりとりがあったのか、なかったのか、今となっては思い起こすこともできない。だが、その時ゆうが茜色をしたお気に入りの小袖を着ていたことは、よく覚えていた。

軽輩の家にそぐわぬその華やかな色づかいは、義母の数少ないよろこびだったのかもしれない。

そういえば、先日ゆうが着ていた帷子は藍色だったな、と思い出す。童女のころの着物を今もまとっているわけはないが、ゆうが違う色を身につけているということが、すんなり呑み込めなかった。

——ゆうも変わったし、おれも変わった。

結局そういうことなのだと、栄次郎は吐息をついた。新兵衛が、訝《いぶか》しげにこちらを見つめている。

矢木家に入ってから十年以上を経て、加山にいたころの記憶はずいぶん朧《おぼろ》となっている。そのことを残念に思う気もちもあるが、それほどつよいものではなかった。

足軽組二十石の加山から馬廻り百五十石の矢木家へ養子の道がひらけたのは、師匠の影山哲斎が推挙してくれたからである。矢木家の先代と哲斎が親しく、腕の立つ弟子を薦めてくれるよう頼まれたのだった。じっさい、そのころ栄次郎が道場でいちばんの遣い手と目されていたのは事実である。

家格の違いから反対する声も多かったと聞くが、どうせ一人娘に婿をとらねばならぬのなら、信頼を置く朋友からの推薦を心強く感じたのだろう。栄次郎は二十二の秋に実家を出た。その義父も、今はもういない。

むろん足軽の次男坊から馬廻り組の当主となるのは、まれに見る出世である。最初に話を聞いたとき、栄次郎自身にわかには信じかねたし、矢木家へ入ってしばらくのあいだ、軀《からだ》がそわそわと落ちつかず、臍《へそ》の下に力の入らぬ毎日がつづいた。

――あるいは、いまだにそうなのかもしれぬ。

栄次郎は自嘲するように唇をゆがめ、盃を干す。新兵衛が黙ったまま、新しい酒をついでくれた。

三

三和土《たたき》で待っていた男の面もちはひやりとするほど溟《くら》く、つかのまではあるものの、栄次郎は身をすくませた。

万平がふかぶかと腰を折り、ひどく緩慢なしぐさで辞儀をする。先だっては気づかなかったが、骨が曲がってきたのか、左半身が右より不自然な下がり方をしていた。じぶんの背後に控える妻女のすまが、怯えたように一歩あとじさる。ふいに栄次郎の脳裡を、まだ若々しかった万平の引き締まった二の腕がよぎった。

消え残っていた暑熱のよどみが顔にまとわりつく。勝手口のあたりには、まだ汁や焼いた鱸《すずき》の香がただよい、熱さの名残とからみあって、この季節ならではの匂いを作りだしていた。

「聞こう」

栄次郎がいうと、万平は口もとの皺をこじ開けるようにして使いの向きを告げた。実父・加山甚兵衛の危篤が近づいていることは、すでに聞かされている。それがとうとう現実のものになったという知らせで、兄の甚作が万平を寄越したのだった。

「すぐ仕度する。待っていてくれ」

そう伝えると、万平は無言のままうなずき、うかがうような視線を栄次郎に向けた。そこにかけるよう目でうながすと、かたちばかりという体で上がり框の端に腰を下ろす。

「白湯《さゆ》でも出してやってくれ」

すまに言い置いて、踵《きびす》をかえした。妻が小腰をかがめながら、わずかに眉をひそめたのが分かる。気づかぬふりをして、そのまま居室へ向かった。

どこか追われるような心もちで部屋に入ると、行灯《あんどん》に火を入れたきり立ち尽くした。障子を塗り籠めていた薄闇が、滲むような明かりに取って代わられる。

仕度する、と万平にはいったが、あらためて一人になると、なにをどう仕度すればいいのか分からなくなっていた。召し替えはしなければならないが、その前にと頭に浮かぶことがある。

迷ったすえ、栄次郎は文机に向かい、硯箱の蓋を開けて墨を磨《す》りはじめた。静まった夜気のなかに、硬い音が広がってゆく。墨を磨る、そのことじたいが目的でもあるかのように、栄次郎はいっしんに手を動かしつづけた。

加山にいたころのあれこれが、しぜんと頭に浮かんでくる。父もまだ若く、義母はさらに若かった。兄がまともに相手をしてくれたことはなかったが、次男坊などとはそういうものだと疑いもしない。貧しさにつきもののやるかたない思いも、時にはその逆もひとなみにあったはずながら、今はすべてが色をうしない、薄墨で描かれた絵巻のごとく、くるくると広がっては目のまえにつづいていた。

栄次郎はごくかんたんに老父の危篤を告げる書状を記し終えると、今度こそ召し替えをして廊下へ出た。万平のところに戻ると、こちらを認めてほっとしたような面もちを向けてくる。すまの姿はとうに見えなくなっており、白湯を出した跡もなかった。

「宮島には知らせたのか」

前置きもなく問うと、老中間が気重げな口ぶりで応える。

「いえ、これからで……」

思ったとおりだった。あまり歓迎された覚えがないのだ、ということは問い返さずとも分かる。栄次郎は、書いたばかりの手紙を渡しながらいった。

「これを持っていけ。矢木からだといえばいい」

四

墓地の周囲は降りそそぐ蜩《ひぐらし》の啼《な》き声に包まれ、見知らぬ場所へ足を踏み入れるような心地がした。栄次郎は、とめどなく流れる額の汗を拳で拭いつづけている。

老父甚兵衛は、夏の暑さを越せず、一昨日みまかった。軽輩のことゆえ、通夜もほぼ親族だけですませ、今日の弔いも同様である。矢木の家からも香典は包んだが、参列しているのは栄次郎ひとりだった。妻女のすまも、そして加山の者たちも、それをふしぎとは思っていない。

きょうは出仕の日に当たっていたが、わけを話すと、上役の樫井元右衛門《かしいもとえもん》はあっさり欠勤を許してくれた。それをありがたいと感じながら、

——大したつとめがあるわけでもないしな。

妙に醒めた思いも抱く。

馬廻りは戦場で藩主に侍するお役だが、いくさの起こる気配すらない世のなかでは、ただの肩書きといっていい。出仕してもかたちだけ武具庫の検《あらた》めなどすれば、あっという間に昼をすぎて下城の時刻となる。三日登城すれば二日休みの繰り返しで、とりわけ今のように藩主が出府中となると、心もちの張りを保ちつづけるのは至難の業だった。

それでも、暮らしてゆくのに不自由することのない禄が頂戴できるのだから文句のあろうはずもないが、軽輩の家から養子に入った身として、居心地の悪さをいつまでも拭えずにいる。十年以上経っても子にめぐまれていないのだから、なおさらだった。

加山の家も大したつとめがない点は変わらぬが、実入りが極端にすくないため、生活《たつき》じたいが常におおごとだった。幼いころの栄次郎は剣術のことしか考えていなかったから、日々の重

さをはっきり捉えていたわけではない。だが、家じゅうがそうした空気に包まれていることは肌で感じていたし、それは今の加山でもおなじだろう。

そのことをうらやましいと思うほど傲慢ではないが、時おり感じる足もとのおぼつかなさは、どうしようもなかった。ひとつの家を預かったという思いだけが、日々を支えている。

栄次郎はこうべをめぐらし、兄を見やった。甚作は、かんたんな屋根のかかった小屋から少し離れたところに立ち、荼毘《だび》の仕度が整うのを待っている。暑さのせいか、いつにもまして不機嫌そうな表情を浮かべていた。その横顔が、若いころの父そっくりに見える。かたわらでたたずむ義母は、まだそんな齢でもないのに、背が丸くなってきたように思えた。

兄は若いころ娶った妻女を早々に亡くし、子もないまま父や義母の暮らしを背負ってきた。後添えも貰えぬほど、暮らしが窮迫しているのだろう。機嫌がよくなるはずはなかった。

——貧しさとはむごいものだ。

栄次郎は腹のなかでひとりごちた。とはいえ、貧しくさえなければ、すべて上々というわけでもない。

父の甚兵衛は、六十年をただ生きて、粗末な柩《ひつぎ》のなかに押し籠められていた。柩の値《あたい》と僧侶への布施は、さわが内職の手間賃を貯めたもので賄ったという。おそらく、これでもういくらも蓄えは残っていないだろう。

足軽組屋敷から墓地までは、半刻《はんとき》もかからない。下士の住まいがもともと城下のはずれに位置しているからである。矢木の屋敷から歩いてきた栄次郎は、すでに疲れをおぼえていた。

人夫が二人がかりで荷車から柩を持ち上げ、小屋掛けの下に敷き詰められた薪へ載せる。ほどなく、そこに火が点じられるのだった。

栄次郎は背後を振りかえり、城下へ通じる街道の方に目を向ける。甚兵衛の弔いに集まったのは、親族とごく限られた知己だけだったが、みないちように貧しく、すすけた形《なり》をしていた。そのなかに、ゆうの姿は見当たらない。今朝、それとなく義母に尋ねてみたが、さびしげにかぶりを振るばかりだった。

――宮島がいやがるのだな。

たやすく察しがついた。栄次郎とて、妻にこころよく送り出されて来たわけではない。さすがに行くなとまでは言わぬが、栄次郎と加山の家が交流することをすまは好まなかった。矢木でさえそうなのだから、宮島の家であればなおさらに違いない。臨終の知らせを受けたとき、万平に託した書状への応えもないままなのだろう。その万平は、屋敷に残って番をしているからここにはいない。

栄次郎はおもい溜め息を嚙み殺した。いつの間にか暑熱は盛りをすぎ、首筋にあたる日差しも苛烈さを失いはじめている。

やがて人夫が薪に火を点し、僧侶の読経がはじまった。しばらく刻がかかるのかと思っていたが、火はおどろくほど早く広がり、見る間に灰色の煙があたりに立ち籠める。兄と義母が、申し合わせでもしたように、ああ、と小さな声を洩らした。ふたりとも、おもわず前へ出ようとして足を留めたのが分かる。

栄次郎はすこし下がったところにたたずみ、ぼんやりとそのようすを見つめていた。そのときになって、自分が父の死にさほど心もちを乱されていないと気づく。むしろ、そのことのほうがいたたまれなく思えた。

父はとうに過ぎさった人であり、加山の家もおなじだった。そこで起こるあれこれが自分の胸を波立たせることはもうないのかもしれない。

甚作はちらりと振り返って栄次郎を見たが、声をかけてはこなかった。いつも不機嫌で寡黙な兄に、すべてを見抜かれているように思え、わずかばかり畏れる気もちが湧いたものの、それもつかのまに過ぎない。栄次郎は押し寄せる熱気を浴び、ただ立ち尽くしていた。

焼け残った骨を白木の箱におさめると、集まった者たちはいくつかの群れに分かれて帰途についた。甚作とさわは、最後のひとりがいなくなるまで、いちいち頭を下げて見送っている。栄次郎は、やはりいくらか離れたところに控え、身内であるようなそうでないような体でたたずんでいた。

誰もいなくなったのを見届けると、三人は無言のまま歩き出した。吹きはじめた夕風が、夏とも思えぬほど肌寒く感じられる。

しばらく歩いて城下を流れる杉川《すぎかわ》に差しかかると、栄次郎は腰を折り、ふたりに向かってふかぶかと頭を下げた。おのれは橋を渡って上士町に入るが、甚作とさわは橋の手前を川に沿ってさかのぼり、足軽組屋敷へ戻る。

「またおいでください」

さわが、疲れを滲ませた笑みを浮かべていった。栄次郎が応えるまえに、甚作がうっそりとつぶやく。

「むりせずともよい」

栄次郎は苦笑いを呑みこみ、今いちど黙礼すると身をひるがえした。橋の上から振り向くと、遠ざかってゆく兄たちの姿が、やけに小さく見える。川べりに鷺《さぎ》が二、三羽群がり、日の光にきらめく滴を撥ね返していた。

——さて……。

河原に落としていた視線を上げたところで、栄次郎は息を詰めた。

橋を渡り切ったところに、すっと伸びた立ち姿の女がたたずんでいる。あの日とおなじ、藍色の帷子をまとっていた。

五

本丸の廊下ですれちがったとき、宮島源右衛門が物言いたげな視線を向けてきたように感じる。栄次郎は、あいまいな目礼だけ返して詰所へ戻った。

しばらくすると、案の定、宮島が詰所へ顔を覗かせた。上役の樫井元右衛門に近づき、何ごとか耳打ちしている。ややあって樫井が訝しげに顔をあげ、栄次郎を差し招いた。

腰を上げて近づくと、

「おぬしと話したいそうだ」

樫井が低い声でいって、宮島を仰ぐ。相手が、いかにもというふうに頷いてみせた。

「ちょっと来てくれ」

宮島はいくらか甲高い声でいい、振り返りもせず詰所を出た。引きずられるようについていくと、あらかじめ見当をつけていたらしく、迷うようすもなく、人気《ひとけ》のない八畳間へ入ってゆく。宮島があわただしく腰を下ろしていった。

「先日、ゆうは来ておったか」

いかにも唐突だなと思ったが、立ち上りそうになる苛立ちを抑えて応える。

「加山の葬儀に、ということでございましょうか」

「申すまでもない」

宮島が舌打ちしかねないような面もちとなる。つづけて何か言われるまえに、

「はて、お見かけした覚えはないように思いますな」

さえぎるふうな口調で告げた。

「まことだな」

宮島がにこりともせず詰め寄ってくる。さすがにむっとして、

「嘘はついておりませぬ」

いささか挑むような物言いになった。宮島はいちおう納得した表情を浮かべると、邪魔したな、といって膝を起こす。こちらも望んではいないが、雑談ひとつしようとするでもなかっ

た。

襖が閉まると、遠ざかってゆく足音が廊下の方から聞こえてくる。

――嘘はついていない。

われながら子どもじみていると思いつつ、胸のうちで快哉《かいさい》めいたものをあげる。ゆうは葬儀に顔を出さず、橋の向こうで栄次郎を待っていたのだった。

「まことに久しぶりだな」

月並みなことばしか思いつかぬまま栄次郎が口にすると、

「いえ、先だってお目にかかりました」

わざと揶揄《からか》うような声とともに、ゆうが唇もとをほころばせる。義父の弔いだからか紅を塗ってはいないようだが、唇はくっきりと赤かった。かたちのよい目の奥で、瞳がかがやきを放っている。

「それは覚えているが……あれは、会ったというのかな」

覚えている、というところに力を籠めて告げると、さあ、どうでしょう、とこうべをかしげてみせる。ほそい首すじに、うっすらと汗の玉が浮かんでいた。

すこし離れたところに、お付きの女中とおぼしき女が控えている。先日とおなじ者かどうかは分からなかった。

なぜ弔いに来なかったのかとは聞かぬ。夫である宮島がいい顔をしないからに決まっていた。いちど見舞いに出向いたのがやっとなのだろう。それでいて、今日はじっとしておられず、途中まで来たに違いない。

「――父上には、言い尽くせぬほどお世話になりました」

杉川の面に目をやり、ゆうがぽつりといった。夕映えの気配をふくんだ光が痛いくらいに川面を照りかがやかせ、栄次郎もしぜんと目を細めてしまう。

「おかしな言いようだ、世話をするのは当たり前だろう」

親子だからな、ということばは、いささか面映《おもはゆ》く、喉の奥でささやくだけに留まった。

「そうですね」

ゆうもおかしげに笑みをたたえて、川面から目を離す。眼差しにどこか憂いめいたものが覗いているようだった。

たしかに、亡父は連れ子のゆうにも隔てなく接していた。むしろ、つねに気をゆるめることのできなかった栄次郎や甚作より、親子らしく見える折さえあった気がする。

いま思えば、ゆうに、というよりは、後添えのさわに心を配っていたのだろう。それでいて、とくべつ不自然さも感じさせず、父として振る舞えていたのだから、じぶんが思っているより、懐のふかい人物だったのかもしれない。

父のことをもっと知っておけばよかったという思いが湧きかけたものの、それほどつよくはならなかった。いいのかどうか分からぬが、

――そういうものだ。

というひと言で、たいていのことは受け止められるようになっている。受け止めるしかない歳月を過ごしてきたともいえた。

噴き出しそうになる思いを振り払うように、かるく頭を振る。そのとき目に入ったものが気になり、栄次郎は眉をひそめた。

袖口からわずかに覗くゆうの右手首が黝《くろ》ずんでいるように見える。陰になっていて分からなかったのが、話しているうち、光の加減で目に留まったのだった。

栄次郎の視線に気づいたらしく、ゆうがさりげなく袖をおさえる。空気を変えるように、ことさら明るい声でいった。

「お兄さまは、お健やかそうですね」

「それしか取り柄がない」

おどけていうと、まあ、と楽しそうに笑った。「奥さまも、やはりお健やかで」

ただの世間話だと分かっているから、ああと応えるつもりが、つい口を噤んでしまう。

結婚した当初から、すまは栄次郎に心を開かなかった。あからさまに嫌うわけではないものの、近くで暮らしていれば、それくらいのことは分かる。わざわざ糺《ただ》したりはしないが、生家の身分が低いことを気にしているのだろう。

子を作るためとおたがい心得ているから、むろん床をともにもしたが、それで授からなかったと知るたび、軀をかさねたことじたいが徒労であったかのような心地に見舞われる。相手もおなじ思いに違いない。今では、別の部屋で寝《やす》むようになって久しかった。

気がつくと、ゆうが案じげな眼差しをこちらに注いでいる。いつの間にか黙り込んでしまったらしい。われに返り、むりに口角をあげてみせた。

「達者だ、みな達者だとも」

「――よかった」

ゆうもやはり、無理にするような笑みを浮かべながら、ちらりと背後を振りかえった。女中が落ち着かぬ風情でこちらを見やり、身を揉んでいる。あるじの乞いに耐えかね出てきたものの、はやく屋敷に戻らねばと気が気でないのだろう。

面を戻したゆうに向け、もう帰ってよいのだというふうに顎を引いてみせる。ゆうはどこか寂しげにうなずき返すと、

「またいずれ……」

短いことばを呑みこんで踵をかえす。瘦せた後ろ姿を見守るうち、なぜかさいぜん川べりで目にした鷺を思い出した。

六

「そうか、姫に会えたのか」

桐生新兵衛の声が、いつになく感慨深げになる。道場帰りに寄った一膳飯屋の小上がりだった。ゆうと再会した話を聞くと、新兵衛はどこか遠い眼差しとなり、眼前の虚空をなぞるよう

に見つめる。

期待通りというべきか、付き合いのある相手でゆうのことを知っている者は、もう新兵衛しかいないから、思ったままの応えといっていい。今日はそういう物言いが欲しくて、ここに誘ったのだった。

「いい女になっていただろう」

相手のことばをかるい苦笑で受け流し、唇に盃をはこぶ。新兵衛は構う気ぶりもなく、童の頃から見目がよかったからな、とひとりごち、やはり盃を干した。栄次郎はわずかに面を伏せ、ぽつりとつぶやく。

「……なかなか加山に顔を出しづらいようではあったな」

「まあ、仕方ないだろう。身分が違う」

偉くなるのも大変だな、といくらか皮肉げにいって、新兵衛は空になった盃を手酌で満たした。その口吻に、栄次郎じしんのことも含まれているのは、聞かずとも分かっている。

「すこし気になることがあった」

小鉢に入った山芋の味噌あえを平らげたあと、栄次郎はふと思い出したというように、ことばを発した。

ふうん、と気のない返事をして新兵衛がまた盃を傾ける。近ごろでは、奢られるのにもすっかり慣れてきたようだった。

「あれは……痣《あざ》だったのかな」

どことなく勢いを削がれた格好で、ひとりごとめいた言いようになる。ゆうの袖口から覗いた影が気になっていた。新兵衛は問い返すように目を向けてきたものの、瞳がすでに朦朧と濁っている。今いちど言いなおす気にもなれず、栄次郎は黙って盃を呷った。

なかば酔いつぶれた新兵衛を送ってから帰宅すると、めずらしく、すまがまだ起きている。待っていたわけでもなかろうが、しぜん話くらいはすることになった。

「新兵衛と呑んでいた」

正直に告げると、興なげに頷きかえしてくる。亡き父が親交を持っていたから、すまは、娘時分に影山道場で小太刀《こだち》を習っていたことがあり、道場の事情もそれなりに知っていた。ことばを交わしたことはあるまいが、栄次郎が時おり口にするから、新兵衛の名まえくらいは覚えているだろう。

「喪中によろしいのですか」

すまが平坦な口調でいった。そういうつもりはないと分かっているものの、どこかしら論《あげつら》うような言い方になるのは、この女の常である。腹を立てていたころもあったが、近ごろでは、それも遠い昔のように感じていた。

「ほんとうに喪中なのかな」

わざわざ口にしたのは、むろん加山を出た身だからということだが、通じたのか通じなかったのか、すまは困ったような顔をして首をかしげるだけだった。

それ以上話し込むこともなく床についたが、久しぶりにゆうとことばを交わしたせいか、こしばらく、心もちが高ぶり、なかなか寝つけない日がつづいていた。すこしまどろむと、幼かったころのゆうが眼裏《まなうら》にあらわれる。

少女のゆうはやはり、茜色の小袖を身につけていた。せっかくきれいな着物をまとっているのだから大人しくしていればいいものを、栄次郎が出かける折は必ずついてこようとする。家にいろといっても聞かぬから、根負けするかたちで放っておくと勝手に跡を追い、たいていの場合、転んで着物が汚れたといっては泣きだすのだった。

溜め息をつきながら駆け寄り、擦りむいた膝や小袖についた泥を拭ってやる。そんなことを数え切れぬほど繰り返し、ゆうが十二歳のとき、加山を出たのだった。

栄次郎は、ふいに目を覚ました。夢で見た小袖の茜色を、いましがた目の当たりにしたもののようにさえ感じている。

身を起こすと、立ち上がって文机に近づいていった。膝をつき、かたわらの手文庫をそろそろと開く。

書きかけの書状にまぎれ、薄汚れた毬がひとつ入っていた。しばらく見つめていたが、手を伸ばすことなく蓋を閉じる。触れてしまうと、さまざまなものが流れこみ、いまのじぶんが根からなくなってしまうような畏れに見舞われたのだった。

閉めてから、毬の色が今ゆうのまとっている藍色に近いと気づく。わざとしているわけでもないだろうが、むかしの名残りがまだかすかにただよっている気がして、安堵めいたものをおぼえた。

　無理やりのようにして床へもどる。その後もまどろんでは夢を見たが、そのたびに起き、夢だったと確かめることを繰り返した。

　明け方近く厠《かわや》におもむくと、すまの部屋から明かりが洩れていることに気づいた。同衾《どうきん》しなくなって久しいから、ふだんどうなのか分からぬものの、眠りのおとずれにくい日というのは誰にでもあるらしい。気心が合うとはお世辞にもいえぬ相手だが、すまにはすまで抱えているものがあるのかもしれなかった。

　部屋に戻って夜具にくるまる。今ごろというほかないが、ようやく深い眠気に見舞われ、栄次郎は瞼を閉じた。

七

　そろそろ務めを終える頃合いになって、城内がどこか騒然としてきたように感じる。上役の樫井も伸び上がるふうにして詰所の外をうかがっていたが、その後とくに変わったようすも見られないので、栄次郎はそのまま退出することにした。

　大手門を出て東にしばらくゆくと、馬廻り組の屋敷が固まった一郭に入る。夕間暮れの光が、おのれの影を足もとにくっきりと落としていた。

　じき屋敷というあたりになって、

「栄次郎さま」

とつぜん横合いから呼びかけられる。なぜか一瞬、背すじが冷たくなった。

声がした方へ目を向けると、実家の中間・万平が路地から顔を覗かせ、涙い色の瞳でこちらを見つめている。

「先に帰っておれ」

供の小者に告げると、栄次郎はあたりをうかがいながら万平のほうへ近づいていった。

まさかまた誰かが、と身構えるような心もちを持て余しつつ、

「いかがした」

と問う。万平も周囲に目を這わせると、栄次郎に向かって一歩踏み出し、ひどく聞き取りにくい声で発した。

「まことに恐れ入りますが、このままお出で願えませぬか――ゆう様の大事で」

言われるままおもむいたのは、城下から半刻ばかり北へ行ったところに広がる三郎《さぶろう》ヶ浜《はま》と呼ばれる一帯だった。途中いくども、どこへ行くのか問うたものの、万平はかたくなに口を閉ざしていたのである。

生ぬるい宵闇のなかに、磯の匂いがつよく漂っている。万平は月明かりだけを頼りに迷うことなく足をすすめ、浜の奥まったところにある漁師小屋の前で立ち止まった。

「お連れいたしました」

しゃがれた声を投げると、心張棒の外れる音が響き、軋みながら小屋の戸が開いていった。その隙間から、

「義母上《ははうえ》……」

さわが初めて見るような絶望の色をたたえた瞳を向けている。栄次郎をみとめて、いくぶん翳りが薄らぎはしたものの、まるで怯える獣のような眼差しだった。

小屋のなかへ踏み入ると、奥に敷かれた莚《むしろ》の上に女がひとり横たわっている。たしかめるまでもなく、ゆうだと分かった。やはり藍色の帷子をまとっているが、裾や袖のあたりが何箇所か裂けているように見える。

栄次郎が入ってきたのに気づき、ゆうがのろのろと頭を擡《もた》げる。つかのま瞳の奥に光のごときものが浮かんだように思えたが、すぐに消え、またうなだれてしまった。

「いったい……」

だれにともなく問うと、さわが覚悟したように唇をひらいた。

ゆうは宮島に嫁いだ直後から、折に触れて夫の打擲《ちょうちゃく》を受けていたという。嫁ぐまえにいくらか修業したとはいえ、家柄が違いすぎ、何もかも分からぬ妻に苛立ちが募ったのだろう。さわも打ち明けられてはいたものの、どうしたらいいのか見当もつかず、焦りをつのらせることしかできない。子どもを亡くしたあと苛烈さは増し、近ごろでは何日も寝込むほどにさえなっていた。

今日も、加山の葬儀におもむいたのではないかと詰め寄られて打擲がはじまったが、いつに

なく執拗だった。ゆうはとうとう耐え兼ね、刀架の脇差を手に取り、夫を刺してしまったらしい。

あいにくというべきか、ゆうの刃はひと刺しで夫のいのちを奪ってしまった。妻を打ち据えるときは人目を避け、離れでというのが宮島の習いだったから、度を失いながらも裏口から逃がれ、加山の家に駆けこんできたという。兄は務めに出ており、義母と万平しか屋敷にはいなかった。

「甚作さんが知れば、そのままお城へ差し出されるに違いありませぬ」

さわが震える声を留めもせず、真っ向から栄次郎を見つめる。屈託に満ちた兄の面ざしが頭に伸しかかってきた。義母の見立てに間違いはないだろう。

が、それよりも栄次郎の胸を絞めつけているのは、じぶんが宮島と交わしたやりとりの方だった。ゆうが葬儀に来たかと質《ただ》されて内心で腹を立て、

「お見かけした覚えはないように思いますな」

いま思えば含みを残した応え方をしたのである。あれで終わったと思っていたが、おれがもっとはっきり否んでいれば、宮島もこの件でつよくゆうを問い詰めはしなかったのだろうかと、胸に止《と》め処《ど》なく渦が押し寄せるようだった。日ごろのことからすれば、いつかはこうなっていたのだろうが、それを今日にしてしまったのはおのれかもしれぬと思えば、身のうちが震えるのを抑えられない。

そっと視線をすべらせ、横たわるゆうを見つめる。残らず気力が失せてしまったのだろう。

起き上がる気配は微塵もなかった。

いかなる理由があれ、夫を殺してしまった女が赦《ゆる》される目はない。城へ差し出すということは、すなわちゆうの死を意味していた。

「……それで」

うかがうようにさわの面を見つめ返す。義母は、栄次郎と万平にかわるがわる目をやり、決然とした口調でいった。

「ゆうを連れて逃げてほしいのです、少なくとも、雫 峠《しずくとうげ》を越えるまで」

八

雫峠は神山《かみやま》と隣藩との境にある峠で、百丈を越える山並みの頂あたりにあった。三郎ヶ浜から歩きつづけたとして、日中は身を潜めねばならぬから、越えるのは明後日になるだろう。

帰宅途中の当主が戻ってこないのだから、矢木では大騒ぎとなっているはずだった。明日から非番だったのは救いだが、すまにどう話せばいいのか、思案はまだついていない。下手をすると、矢木の家にまで咎めがあるかもしれないというくらいは分かっていた。

それでいて義母の懇請を断れなかったのは、このまま何もしなければ、間違いなくゆうがいのちを失うことになるからである。宮島の件にかすかな責を感じてもいるから、なおさらだった。

宮島の骸《むくろ》もとうに発見されているだろうから、すでに討手《うって》がかかっているに違いない。終わりのない逃走ではあるが、隣藩には義母の遠縁がいるらしい。雫峠を越え、その領内に入れば、ひと息くらいはつけるはずだった。そこまで栄次郎に同道してもらえば、しばらく万平だけで世話は足りるだろうという。

「どうか、よろしくお願い申します」

すっかり日の落ちた浜で別れる際、義母はこれ以上ないというほど頭を下げていた。おそらく、加山にもゆうを追う者たちがやってくるころだろう。さわは白を切り通すつもりでも、兄の甚作は義妹を引き渡して難を逃がれようとするに違いない。

ゆうはどうにか立ち上がったものの、まだ放心したようすで足もとに力が入っていない。義母も案じるような面もちをあらわにしているが、はたして峠を越えることができるのか危ぶまれた。

近くの村で掻き集めてきた旅支度にあらため、万平に先導されるかたちで浜辺を歩きはじめる。黒い波が絶え間なく重い音を立て、その響きに急き立てられるように歩を速めた。足もとで浜辺の砂がことさら大きく鳴る。さわは、たがいの姿が朧になるまで浜にたたずみ、栄次郎たちを見送っていた。

提灯《ちょうちん》は持っていなかったが、満月に近い月がしらじらとした光を投げている。歩くのに障りはないものの、そのぶん目につきやすいともいえた。なるべく陰になるところを選んで足をすすめる。

浜沿いの道はいずれ関所に辿り着いてしまうから、はやばやと行路を山の方へ変える。ゆうはやはり足をふらつかせているから遅れがちで、見るだに危うげというほかなかった。見かねて無言のまま、手を伸ばす。否まれるかと思ったが、ほとんど間を置かず小さな掌を差し出してきた。

ゆうの手はひどく痩せていたが、握ってみると、思ったよりずっと温かかった。この女とおなじ家で暮らしていたころのことが奔流のように流れ込んでくる。何度うるさがっても、ゆうはじぶんの跡を付いてくることを止めようとしなかった。その姿が思い浮かぶと、胸の奥がしぼられ、なにかが滴ってきそうになる。

——あれほどだれかに求められたことは、なかったな。

韜晦でなく、そう思った。じぶんも、あそこまでだれかを求めた覚えはない。利かん気のつよそうな少女の面ざしは、うつろに目をさ迷わせている女となかなか重ならなかった。

気がつくと、ゆうの掌をくるみ、つよく握りしめている。女の顔にはあいかわらず表情がなかったが、それを取り戻そうとしたわけではない。ただ、そうせずにはいられなかった。

——おや。

ただ握られたままの手に、ほんのわずかながら力が加わったように感じる。だが、確信が持てるほどのつよさではなかったし、ゆっくりたしかめている間もない。栄次郎は、ゆうの手を取ったまま、あらためて行く手に向き直った。

九

隣藩との境にそびえる鉾山《ほこやま》という連峰の登り口に立ったのは、翌日の深更《しんこう》といっていい頃合いである。ゆうの息はあがり、握った手がじっとりと汗ばんでいた。手を離して懐紙でぬぐってやろうとすると、怯えたような声をあげ、摑まんばかりに握り返してくる。この一昼夜、ほとんど離したことはなかった。

――生まれたばかりの雛でも抱えているようだな。

微笑と苦笑のまじったものをゆうに向け、そのまま登り口に足をかける。悲愴めいた心もちは、ふしぎなほどなかった。

「昔にもどったようですな」

万平がぽつりといった。「皆さまが揃われていたころに」

昔は楽しゅうございました、などと続けるつもりかと身構えたが、さいわい老中間はそれきり口をつぐんでいる。そう思っているのかどうかも分からなかった。

ふだん人通りのある辺りではないから、歩きやすい道ばかりではない。百二、三十丈という高さのはずゆえ、登れぬほど峻険ではないが、見上げるような急坂や大きな石が転がっているところも多々ある。うかと熊などに出くわしては、ゆうを守り切れるかどうか心もとないし、とうてい楽な行路とはいえなかった。

あえてなのか力尽きてなのか分からぬような小休止の刻を幾度もはさみ、栄次郎たちは山道を登っていった。そのあいだも、小さな手が離れる気配はない。

「……じき峠ですね」

ゆうがひと言だけ洩らしたのは、ふかく眠っていた空がわずかに蒼みを帯びはじめたころである。先をゆく万平がおもわず振り向くのと、栄次郎がおどろいてまともに女の顔を見つめるのが同時だった。

ようやく声が出たな、と言いそうになってやめる。いくぶん心もちがほぐれてきたのはまことだろうが、わざわざことばにする要もない。少しでもゆうが健やかになれば、それでよかった。

当のゆうもいくらか面映げな顔を見せただけで、黙々と歩きつづける。ひと足ごとに、大気の蒼が濃くなってゆくようだった。

雫峠とおぼしきあたりへ辿り着いたときは、白っぽい空に月がなかば溶け込むような体で浮かんでいた。まわりには申し訳ていどの杉木立ちがつらなり、荒寥《こうりょう》とした岩場を取り巻いている。日がのぼるのも、そう先のことではないと思われた。

振り返り、背後に広がる神山領を見下ろす。むろん城下のようすまでは目が届かぬが、山裾の平地に広がる稲田や百姓家が小さいながらもはっきりと見える。ところどころに寺院らしき甍《いらか》が覗いていた。

――これが神山か。

栄次郎じしん、雫峠を越えるのははじめてだから、ふと感慨めいたものに捉われた。今まで三十余年、あのなかで暮らしてきたことが現でないような気になる。そもそも現とは何なのかが分からなかった。ゆうも似たことを考えているのか、いま一度つよく手を握り返してくる。自分がどうなるのかは考えぬようにしたが、少なくとも、この女があそこへ戻ることはないのだなと思った。

「さあ」

行こうかと踵をかえした瞬間、風の唸るような音が起こって、しわがれた絶叫がそれに混じる。目で捉えるまえに、万平が血を吹き出しながら倒れ込んだ。

ゆうの手を離し、駆け寄ろうとした栄次郎を横合いから猛烈な太刀筋が襲う。とっさに抜いて打ち合わせた刃が、甲高い音をあたりに響かせた。

「――おまえは」

そう叫んだつもりだが、声になったかどうかはおぼつかない。刀を下げ、目を血走らせた桐生新兵衛が眼前に立ちはだかっていた。

十

「やはり、こちらへ来たか」

残忍なよろこびとでもいった光を目にたたえて、新兵衛がいった。「関所を通るわけにはいかぬからな。まっすぐここへ向かってよかった」

「なぜ、おまえがいる」

大刀を構え、間合いを測りながら栄次郎は問うた。倒れた万平は、ぴくぴくと全身を痙攣させ、のたうちまわっている。新兵衛は、やはり酷薄な色を瞳にただよわせ、そのさまを見やっていた。

「討手だよ」

それだけいって、切っ先に力を籠める。「おまえが同行している場合を考え、影山道場いちの遣い手を出せと命じられたらしい……先生は渋ったようだがな」

新兵衛がうかがうように目を細め、栄次郎の背後に隠れたゆうを見つめる。まるで獲物を啄《ついば》もうとする猛禽のごとき視線だった。

「姫か――やはり、いい女になった」

とんだ道行きだな、とおどけたように笑った面もちが、次の刹那、冷淡に強張る。「女房にでもするつもりか」

それには応えず、栄次郎は構えたまま一歩踏み出した。

「おれが知らぬ顔をしたら、ゆうは死ぬ。それはできない」

かすれた声で付けくわえる。「行き合わなかったことにしてくれないか」

むろん、望み薄だと分かってはいる。その気があるなら、万平を手にかけるはずはなかった。

案の定、新兵衛は頰のあたりをゆがめ、ためらうことなく剣先をこちらの額に向けてくる。

「死んでくれないか、というところだな。その伝でいうなら」

ひどく冷たい口調でつづけた。「おまえが死ねば、すまさんも喜ぶ」

「……どういうことだ」

問い直した声が、覆いようもなく揺れている。いつしか大気が茜色を帯び、あたりに転がる石や草木が燃えるようにかがやいていた。すでに朝日が昇っているのだろうが、相手から目を逸らしてたしかめるわけにはいかない。囀《さえず》りはじめた黄鶲《きびたき》の声にまぎれ、新兵衛が吐き捨てるようにいった。

「もともと、おれとすまさんは言い交わした仲だったんだよ」

呆然となって剣先が下がりそうになる。すかさず踏み込んだ新兵衛の一撃が袖を裂き、栄次郎はゆうを庇いながら後じさって間合いを取りなおした。

「——驚いているうちに仕留めてやろうと思ったんだが」

当てがはずれた、と新兵衛が口惜しげにつぶやく。大刀を握りなおした栄次郎の腕は、はっきりと震えていた。

剣の腕を見込まれて矢木に婿入りすると決したものの、相手がどんな女かということは、思案の外にあった。影山道場に来ていたとは聞いたが、顔さえ思い出せない。

興味がないわけではなかったが、次男坊としては、口がかかれば養子にいく道しかなかった。むろん、言い交わした相手がいたのかどうかということも考えはしない。まして、それが新兵衛だなどとは疑いすらなかった。

が、そう聞いて腑に落ちることはあった。すまは、影山道場で小太刀を習っていたころ、新兵衛と知り合い、思いを通わせたのだろう。気づかなかったのは我ながら迂闊《うかつ》というほかないが、家の格が違いすぎるから、新兵衛も明かすわけにはいかぬと想像がつく。

婿入りしてから、栄次郎にこころを開かなかったのは、身分の差を厭《いと》うたのだと思い込んでいたものの、ほかに想う男がいたなら、根はかくだんに深い。せめて子どもでも授かっていれば違ったのかもしれぬが、今さらいうても詮ないことだった。

目のまえで女と婿入りの口を攫《さら》われた新兵衛の心もちは、察することさえ手に余る。ここで自分を葬れば、今度こそ、すまと添えるとでも考えているのかもしれなかった。

——あるいは、すまも。

遣る瀬ない思いが肚の底を冷たく浸す。家柄にこだわり、じぶんを受け入れなかったのだと決め込んでいたが、その奥にどれほどの無念さがあったのかと思えば、怒りすら湧いてこなかった。だから赦せるというものではないにせよ、宮島がゆうを打擲しつづけたのも、心もちが通わぬことに絶望を感じたからかもしれない。

この十年、だれも幸せにならなかったということか、と背後で震えるゆうに目をやり、吐息を呑みこむ。なぜこうなってしまったのか、と叫びたかったが、だれにそれをぶつけていいのか分からなかった。

目でうながすと、ゆうがうなずいて背後の岩場まで下がる。いきなりいのちの切所《せっしょ》に置かれたためか、瞳に光がもどっているのは皮肉だった。

「……十年間、おれに奢られる気分はどうだった」

気がつくと、ひとりでに喉と舌が動き、そんなことばを発している。いうべきことは無限にあるはずだが、それしかかたちにならなかった。

新兵衛はつかのま呆気に取られた面もちを浮かべたものの、

「旨《うま》かったよ、とてもな」

うそ寒いほどにこやかに応えると、ひといきに駆け出し、真っ向から大刀を振り下ろした。打ちひしぐような音が峠の空気を乱し、耳の奥を圧する。新兵衛の剣は重く、かろうじて受け止めたものの、そのまま地に沈んでゆきそうだった。

気合いを発して対手の剣先を払い、大刀を横薙ぎにする。新兵衛はすばやくすさって体勢を立て直し、跳躍しながら袈裟がけに斬りつけてきた。

躱《かわ》したものの、胸のあたりがわずかに裂ける。痛みに遅れて、傷口からつと血が伝わり落ちた。

死んでくれ、死んでくれ、頼むから死んでくれようと泣き叫ぶように言いながら、休むことなく新兵衛が刀身を打ちつけてくる。それを凌ぐうち、息がはげしく乱れ、軀じゅうがこまかい傷だらけになった。切っ先を保ちつつ眼差しを走らせると、ゆうが岩場から身を乗り出すようにして、立ち合いを見つめている。

目を戻す間もなく腹に衝撃をおぼえ、膝をついてしまう。ゆうに視線を飛ばした一瞬の隙を突かれたらしい。間を置かず、はげしい痛みが総身に広がっていった。栄次郎はあふれ出しそうになる呻き声を懸命に呑みこもうとする。

「余所見《よそみ》して勝てる相手だと思ってるのか」

歯を食いしばって顔をあげると、新兵衛が見たこともないほど嬉しげな笑みを浮かべている。死んでくれ、と今いちど甲高い声で叫び、上段から大刀を振り下ろした。

残った力を掻き集め、相手の刃を受け止める。が、撥ね返すには足りなかったらしく、新兵衛の刀がそのまま肩先に食い込んだ。目のくらむような熱さが走ったかと思うと、うひゃっという喜びの声とともに、生臭い息が顔に吹きつけられる。

もうだめだ、と思うよりはやく、毬を持った少女の姿が瞼の裏に広がった。同時に重たい音があがり、対手が仰のけに倒れ込む。焦点の合わぬ眼差しをどうにか向けると、血に濡れた懐剣を構えたまま、ゆうが棒立ちになっていた。

新兵衛は横たわり、首すじのあたりを押さえて苦悶の声をあげている。栄次郎が大刀を振るって相手の剣を払い除けると、指が落ちでもしたのか、もう一度絶叫がほとばしった。ゆうの方へ濁った視線を向け、忌々しげに言い放つ。

「……ふたりも殺しやがって」

この疫病神め、とつづけた声が途切れ、新兵衛はじき動かなくなった。

栄次郎はもつれる足を一歩ずつすすめ、女のかたわらに立つ。ゆうは、手のなかにある懐剣をぼんやりと見つめ、

「──ふたりも」

木偶《でく》のようにつぶやいた。栄次郎はゆっくり手を伸ばし、懐剣を捥《も》ぎ取ると、そのままゆうを抱きしめる。衣を隔てていても、相手の温もりがはっきりと伝わってきた。

「行こう」

耳もとでささやく。こくこくとうなずき返しながら、

「でも、あたしといっしょにいると……」

目だけ動かし、あたりを見まわしたのが分かる。新兵衛や、とうに動かなくなった万平の骸に眼差しを向けたのだろう。

「これ以上わるくなりようはない」

それだけいって、ゆうを抱く手に力を籠めた。だらりと垂れ下がっていた女の手が、おずおずと持ちあがり、遠慮がちに栄次郎の背を抱く。かすかに籠められた力さえ傷を疼かせたが、離してほしいとは思わなかった。

初出

「半夏生」「小説現代」２０２３年11月号
「江戸紫」「小説現代」２０２４年５＆６月合併号
「華の面」「小説現代」２０２４年３月号
「白い檻」「小説現代」２０２４年１＆２月合併号
「柳しぐれ」「小説現代」２０２４年７月号
「雫峠」「小説現代」２０２４年10月号

砂原浩太朗（すなはら・こうたろう）
1969年生まれ、兵庫県神戸市出身。早稲田大学第一文学部卒業。出版社勤務を経て、フリーのライター・編集・校正者に。2016年「いのちがけ」で第２回「決戦！小説大賞」を受賞。2021年『高瀬庄左衛門御留書』で第34回山本周五郎賞・第165回直木賞候補。また同作にて第９回野村胡堂文学賞・第15回舟橋聖一文学賞・第11回本屋が選ぶ時代小説大賞を受賞、「本の雑誌」2021年上半期ベスト10第１位に選出。2022年『黛家の兄弟』で第35回山本周五郎賞を受賞。他の著書に『いのちがけ　加賀百万石の礎』『霜月記』『藩邸差配役日日控』『夜露がたり』『浅草寺子屋よろず暦』『冬と瓦礫』などがある。

雫峠《しずくとうげ》

第一刷発行　二〇二五年一月二十日

著　者　砂原浩太朗《すなはらこうたろう》
発行者　篠木和久
発行所　株式会社　講談社
〒112-8001東京都文京区音羽二―一二―二一
電話　出版　〇三―五三九五―三五〇五
販売　〇三―五三九五―五八一七
業務　〇三―五三九五―三六一五

本文データ制作　講談社デジタル製作
印刷所　株式会社ＫＰＳプロダクツ
製本所　株式会社若林製本工場

定価はカバーに表示してあります。

落丁本・乱丁本は購入書店名を明記のうえ、小社業務宛にお送りください。送料小社負担にてお取り替えいたします。なお、この本についてのお問い合わせは、文芸第二出版部宛にお願いいたします。本書のコピー、スキャン、デジタル化等の無断複製は著作権法上での例外を除き禁じられています。本書を代行業者等の第三者に依頼してスキャンやデジタル化することはたとえ個人や家庭内の利用でも著作権法違反です。

©Kotaro Sunahara 2025
Printed in Japan　ISBN978-4-06-537854-0
N.D.C. 913　220p　20cm

KODANSHA

神山藩シリーズ第3弾

『霜《そう》月《げつ》記《き》』

顔を上げよ、
祖父《わし》がついている。

名判官だった祖父・
失踪した父・
重責に戸惑う息子——
町奉行を家職とする
三代それぞれの葛藤。

単行本
定価：1760円(税込)
ISBN 978-4-06-532127-0

18歳の草壁総次郎《くさかべそうじろう》は、失踪した父・藤右衛門《とうえもん》に代わり、町奉行となる。名判官と謳われた祖父・左太夫《さだゆう》は、若さにあふれた総次郎を眩しく思って過ごしている。
ある日、遊里・柳町《やなぎまち》で殺人が起こる。総次郎は遺体のそばに、父のものと似た根付が落ちているのを見つけ、また、太刀筋が草壁家が代々通う道場の流派のものではないかと疑いを持つ。総次郎と左太夫はともにこの殺人を追うことになるが、果たして事件と父失踪の真相は。

神山藩シリーズ第2弾

『黛《まゆずみ》家《け》の兄弟』

道は違えど、
思いはひとつ。
三兄弟の
絆が試される。

第35回
山本周五郎賞受賞作

講談社文庫
定価：1001円(税込)
ISBN 978-4-06-533176-7

陥穽《かんせい》あり、乱刃あり、青春ありの
躍動感溢れる時代小説。

神山藩で代々筆頭家老の黛家。三男の新三郎《しんざぶろう》は、兄たちとは付かず離れず、道場仲間の圭蔵《けいぞう》と穏やかな青春の日々を過ごしている。しかし人生の転機を迎え、大目付を務める黒沢《くろさわ》家に婿入りし、政務を学び始めていた。そのさなか、黛家の未来を揺るがす大事件が起こる。その理不尽な顛末に、三兄弟は翻弄されていく。

神山藩シリーズ第1弾

『高瀬《たかせ》庄《しょう》左衛門《ざえもん》御《お》留書《とどめがき》』

講談社文庫
定価：913円(税込)
ISBN 978-4-06-529629-5
第165回 直木賞、
第34回 山本周五郎賞候補！

4冠！

第9回
野村胡堂
文学賞
受賞

「本の雑誌」
2021年上半期
ベスト10
第1位

第11回
「本屋が選ぶ
時代小説大賞」
受賞

第15回
舟橋聖一
文学賞
受賞

こんな時代小説を待っていた――。
誇りを持ち続けるとは何かを教えてくれる、人生の道標。

神山藩で郡方《こおりかた》を務める高瀬庄左衛門。50歳を前に妻と息子を亡くし、残された嫁の志穂とともに手慰みに絵を描きながら寂寥と悔恨の日々を送っていた。しかしゆっくりと確実に、藩の政争の嵐が庄左衛門に襲い来る。

砂原浩太朗デビュー作

『いのちがけ』

加賀百万石の始祖、前田利家《まえだとしいえ》。若き日から常に付き従い、幾度も主君の危難を救った家臣、村井《むらい》長《なが》頼《より》の、知られざる生涯。そして、彼が主君の肩越しに見た、信長・秀吉・家康ら天下人の姿――。命懸けで忠義を貫き、百万石の礎を築いた長頼を端正な文体で魅せる傑作。

講談社文庫
定価：946円(税込)
ISBN 978-4-06-523462-4